SOUVENIRS

DE

SAINT-CYR.

Ce livre étant exclusivement destiné aux élèves anciens ou futurs de l'École de Saint-Cyr et aux officiers, aucun exemplaire n'en sera vendu au public.

PARIS. — TYPOGRAPHIE PLON FRÈRES, IMPRIMEURS DE L'EMPEREUR,
RUE DE VAUGIRARD, 36.

VUE GÉNÉRALE DE L'ÉCOLE SPÉCIALE MILITAIRE.

GÉRUX.

Typ. Plon frères.

SOUVENIRS

DE

SAINT-CYR

PARIS

PLON FRÈRES, ÉDITEURS

RUE DE VAUGIRARD, 36.

—

1853

AU LECTEUR.

'est aux anciens élèves de l'École militaire que ce volume est adressé. La *Muse de Saint-Cyr*, publiée en 1829, initiait déjà le public à quelques-unes des scènes de la vie intime du saint-cyrien. Depuis cette époque, bien des promotions se sont succédé et bien des chansons ont été faites; chaque année, de nouvelles productions sont venues s'ajouter aux anciennes et se sont transmises de main en main avec un religieux scrupule, comme un précieux héritage.

Plus de vingt années nous séparent aujourd'hui de l'époque où parut le premier recueil des souvenirs poétiques de l'École militaire; le nombre des officiers sortis de Saint-Cyr s'est beaucoup accru, il n'est pas un régiment dans l'armée qui ne compte dans son sein quelques anciens élèves de l'École;

on les trouve partout, à tous les degrés de la hié-
rarchie militaire, depuis les plus hautes dignités
jusqu'aux derniers grades; et dans cette foule
d'officiers, pas un n'a oublié d'où il sort, tous se
rappellent leur commune origine, et s'il est vrai de
dire que l'épaulette établit entre ceux qui la portent
un lien de confraternité, combien encore n'est-ce
pas plus vrai pour les anciens élèves de Saint-Cyr !

Enfants d'une même mère, quel que soit le rang,
quel que soit l'âge, tous se retrouvent avec plaisir,
tous aiment à revenir en arrière; les plus anciens
évoquent le passé et se rajeunissent au contact de
leurs jeunes camarades, tandis que l'officier qui débute cherche dans les traditions de l'École quelque
souvenir qui le vieillisse, pour ainsi dire, et le reporte
au temps de ses devanciers.

Peu importe donc la valeur littéraire des pièces
que nous publions; si leur style laisse quelque chose
à désirer, qu'on se souvienne, en les lisant, des cir-
constances auxquelles elles doivent le jour. Ce n'est
pas pour l'Académie que Saint-Cyr fait ses chansons;
c'est pour passer quelques heures d'une longue captivité, c'est pour élever à chaque événement qui
vient rompre la triste monotonie de la vie intérieure
de l'École un monument dans la mémoire de ceux
qui en furent les contemporains. Et lorsqu'un jour
on se retrouve hors de cette enceinte, n'est-on pas
heureux de pouvoir répéter entre soi quelques-uns

de ces vieux refrains qu'on a tant de fois chantés tous ensemble ?

Ce recueil n'est destiné d'ailleurs, nous le répétons, qu'aux anciens élèves de l'École; il n'est pas entré dans notre pensée de faire un livre pour le public. Si toutefois quelque exemplaire tombait sous ses yeux, qu'il n'oublie pas ce que sont nos poésies, comment elles ont été faites et le but tout spécial dans lequel on les a imprimées.

Outre les pièces publiées en 1829, dont nous donnons ici une deuxième édition, notre volume contient encore un grand nombre de nouveaux morceaux. Parmi les nombreuses inspirations de notre muse, nous avons choisi avec soin les plus capables de désarmer la critique, si prompte à s'éveiller, et dont les rigueurs sont toujours à craindre malgré nos efforts pour décliner sa censure.

Notre édition est de plus illustrée de dessins, vignettes, etc., représentant diverses parties ou diverses scènes de l'École, et dus au crayon d'élèves de Saint-Cyr, pour la plupart de la promotion de 1851-1853. Nous avons pensé que c'était un moyen d'aider les souvenirs et d'augmenter encore le petit intérêt que peut offrir cette publication.

Si, en parcourant la *Muse* de 1853, le lecteur peut s'oublier un instant et rêver au passé, si la lecture de ces pièces, dont beaucoup sont déjà connues de tous, et d'autres de quelques-uns seulement, peut, à quelque titre que ce soit, resserrer les liens d'amitié et de fraternité qui doivent unir à tout jamais les enfants de l'École spéciale militaire, les efforts de ceux qui ont apporté ici leur concours seront largement récompensés et notre but sera atteint.

Aux générations futures appartient le soin de continuer la tâche, et de venir, en nous rappelant l'époque actuelle, nous rajeunir à notre tour.

Saint-Cyr, 1853.

C. DECHOUY.

VISITE DE NAPOLÉON A L'ÉCOLE SPÉCIALE MILITAIRE (20 AOUT 1852).

A ·

LA MUSE DE SAINT-CYR.

(1853.)

u sein des champs
[tu pris naissance,
Aimable Muse, — et ton berceau
Jadis gardé par l'Innocence
S'abrite aujourd'hui d'un drapeau.

Longtemps, une pure harmonie,
D'*Esther* le rhythme gracieux,
Ainsi qu'un parfum de l'Asie,
Pour toi s'exhala vers les cieux...

Parfois encore, des charmilles
Un écho lointain nous poursuit,

Mêlant les chœurs des jeunes filles
Aux vagues concerts de la nuit.

Mais de son aile impatiente
Le temps nous presse tous les jours,
Et tout cède à sa faux tranchante :
Grâces, talents, jeunesse, amours !

Ainsi, tourterelles plaintives,
Fuyant les serres de l'autour,
Vous avez dû, pour d'autres rives,
Prendre votre vol sans retour !

Pour perpétuer d'âge en âge,
O Muse, ton culte en ces lieux,
Nous venons t'apporter l'hommage
Du fruit de nos efforts pieux.

Maint critique, à l'humeur chagrine,
Pourra, d'un style exagéré,
Gémir, en voyant que Racine
Nous légua son luth inspiré.

Pardonne-nous, — Mars dès l'aurore,
Imposant ses chants à nos voix,
Fait qu'elles sont rudes encore
Lorsqu'il leur faut chanter les bois.

Si pour embellir ta couronne,
Ces fleurs ont trop peu de fraîcheur,
Nous aurons du moins à ton trône
Inscrit ces mots : Patrie, honneur.

Et plus tard, à la fleur champêtre,
Trop fragile aux mains du guerrier,
Il nous sera donné peut-être
D'unir le rameau de laurier!

DOUZE JOURNÉES

DE PRISON.

INTRODUCTION.

A main durant ces jours
[d'une peine éphémère
N'a tracé pour personne une pensée amère...
Aussi je ne crains pas que la sage équité
Proscrive ces enfants de la *Nécessité*[1].

---

[1] Surnom que s'était donné la promotion dont l'auteur faisait partie.

PREMIÈRE JOURNÉE.

3 octobre

Est-ce le jour enfin, dont la pâle lumière
Jette un rayon douteux sur ma faible paupière?
Ou de l'astre des nuits quelque reflet menteur
Vient-il seul m'apporter sa mourante lueur?
Mais je préfère encor la nuit et son silence
Aux vains bruits d'un faux jour, sombre et sans espérance.
La nuit, on peut rêver plus en paix que le jour...
Avec elle la nuit verse un parfum d'amour,
Qui d'un cœur de vingt ans sait calmer la tristesse.
Ainsi la tendre fleur qu'un doux zéphyr caresse,
S'entr'ouvrant aux rayons d'un soleil radieux,
Semble braver l'effort de l'autan furieux.

C'est la nuit... Le marteau sur le timbre sonore
Vient de frapper un coup : il n'est qu'une heure encore !
Pour toi seul dans ces murs c'est l'heure du réveil :
Tu songeras demain, prisonnier, au sommeil...
Le sergent dort en paix, tout est calme et tranquille !
Allumons...

Tu dormais aussi, toi, grande ville,
Avec tes beaux palais et leurs coupoles d'or,
Tu dormais dans la nuit du six de thermidor,
Lorsque tes triumvirs préparaient des tempêtes
(Insensés ! l'ouragan allait courber leurs têtes...);
Tu dormais : tel jadis le vieux peuple romain
Reposait, attendant les jeux du lendemain.
Ton jeu, Paris, c'était alors la guillotine !...

Parmi ceux qu'au bourreau Robespierre destine,
Au fond d'un noir cachot veille seul un proscrit.
Sur la liste de mort depuis longtemps inscrit,
Des maîtres de ses jours il connaît la justice.
Dès longtemps il est prêt à marcher au supplice.
Il sait qu'il ne lui reste à vivre qu'un instant,
Il sait qu'au point du jour la charrette l'attend;

Et pourtant il sourit comme à quelque doux rêve,
Il est heureux, il songe à ces vers qu'il achève.
Il peut donc lui laisser du moins ce souvenir!
Il mourra... mais ses vers vivront dans l'avenir!
A l'heure du repas, quand la jeune captive
Le cherchera demain, inquiète et craintive,
Il veut que, pour charmer ses regrets superflus,
L'enfant garde ce don de l'ami qui n'est plus.

Puis son front s'assombrit : il va quitter son frère,
Il ne recevra plus les baisers de sa mère.
Mais de ses yeux voilés semblent couler des pleurs!
— Sur sa tombe plus tard jettera-t-on des fleurs?
Quel sort attend son nom, la gloire ou le silence? —
Va, poëte... reprends ta noble confiance!
L'avenir est à toi, car l'immortalité
Est acquise au talent, dès qu'il l'a mérité.
Au pied de l'échafaud la gloire est ton partage :
La France recevra de toi pour héritage
Ces vers, ces derniers vers écrits dans ta prison,
Beaux épis nouveau-nés au jour de la moisson.

Pour moi, captif aussi, j'ai laissé ma pensée
Offrir un saint tribut à ta cendre glacée.

De tes vers si touchants sensible admirateur,
Dans ma prison je dois à leur charme enchanteur
Le reveil de mon âme à dormir condamnée :
Heureux par toi, je t'ai consacré ma journée.

DEUXIÈME JOURNÉE.

4 octobre.

— ◦◦◦ —

Vous qui m'avez privé de la clarté des cieux,
Pourquoi vous maudirais-je? ici je suis heureux!...

Car j'aime, prisonnier en mon humble cellule,
A l'heure où se reflète un pâle crépuscule
    Sur mes quatre murs blancs,
J'aime à me rappeler souvenirs qui s'effacent,
Derniers restes vivants de tous les jours qui passent
    Ou tristes ou riants.

Le soir, c'est pour toute âme heure de rêverie;
C'est l'instant où l'on pleure en silence, où l'on prie
    Pour ceux qui ne sont plus;
L'instant où dans les airs on entend une plainte.
L'instant où retentit au loin la cloche sainte
    Qui sonne l'Angelus!

Et puis quel lieu plus propre à la mélancolie?
Que de noms sont ici que le présent oublie
    Le soir de leur matin!
Ils restent près de nous, reliques d'un autre âge,
Comme pour inviter à feuilleter leur page
    Au livre du destin!

Où sont-ils maintenant, nos aînés dans l'arène?
Que nous a laissé d'eux le temps qui tout entraîne?
    Peut-être un souvenir.
Et combien ont passé, dont l'horizon prospère
Semblait leur réserver au bout de la carrière
    Place dans l'avenir!...

    Mais pourquoi soulever le voile
    Qui cache leur sort à nos yeux?...
    Quand une fugitive étoile
    Fuit et disparaît dans les cieux;

Allons-nous sonder le mystère
Qui de sa lueur éphémère
Prive cet astre passager?...
Allons-nous rechercher la cause
Qui fait sitôt mourir la rose
Au souffle d'un vent si léger?

Si le passé nous intéresse,
Cherchons-y souvenir plus doux!
N'appelons pas jours de tristesse,
Ils luiront assez tôt pour nous!
Ne sommes-nous pas de ce monde
Où la brise qui ride l'onde
Suffit pour éloigner du bord
Le voyageur dont le navire
Voguant sur l'aile du zéphire
Peut-être allait toucher le port!

Laissons reposer sous la pierre
Tous ceux que le temps a fauchés,
Et n'interrogeons pas la terre
Sur les secrets qu'elle a cachés :
Car le passé, c'est un abîme;
Heureux qui peut gravir la cime
Du mont qui borne son chemin,
Sans jeter un regard timide

Vers la plage où le gouffre avide
Peut l'engloutir le lendemain !

Pourtant j'aime à rêver du passé qui s'envole,
Mais du passé riant qui charme et qui console,
Et ne laisse en nos cœurs que des pensers d'amour.
J'aime à rêver de vous à la chute du jour,
Anges, qui n'êtes plus, douces, saintes colombes,
Qui dormez maintenant, qui dormez sous vos tombes ;
J'aime à ressusciter pour vous les jours passés
Et tous leurs souvenirs déjà presque effacés.

J'aime à revoir ainsi la fraîche jeune fille,
Avec sa robe blanche et sa noire mantille,
      Avec ses longs cheveux
Que retenait le peigne ou qui flottaient en tresses,
Avec son front si pur et les vagues tristesses
      Qui voilaient ses beaux yeux.

J'aime à la voir errant, folâtre, insoucieuse,
A l'ombre d'un bosquet se pencher gracieuse
      Pour cueillir une fleur ;
Puis de ses doigts légers arracher feuille à feuille
Pour voir combien d'amour cette fleur qu'elle effeuille
      Va promettre à son cœur !

J'aime à la voir surtout lorsque, fière et splendide
De ses nouveaux atours, la belle enfant timide
      Pour charmer le grand roi
Venait tenter d'Esther le rôle difficile
Ou dans les chœurs divins, pieuse jeune fille,
      Chanter l'hymne de foi.

Pour vous, anges du ciel, brillante était l'aurore!...
Sans ennui, sans douleur, vous ne comptiez encore
      Que de calmes printemps!
Fleurs, vous viviez parmi les fleurs du jour écloses,
Et la brise apportait le doux parfum des roses
      A vos cœurs de seize ans!

    Vous avez quitté cette terre
      Où les fleurs naissaient chaque jour,
    Et maintenant nos cris de guerre
      Ont remplacé vos chants d'amour.
    Depuis ce temps, dans nos prairies
    Plus de pelouses bien fleuries!
    Plus de jardins! plus de bosquets!
    Plus de roses! plus de verdure!
    Et dans nos champs plus d'onde pure
    Pour mirer vos regards coquets!

Pourtant l'air qu'ici l'on respire
A gardé des parfums si doux,
Qu'on peut croire que le zéphire
Apporte un souvenir de vous...
Lorsque la feuille se balance
Le soir, vers vous le cœur s'élance
Comme d'un vol rapide et sûr
S'élance la jeune hirondelle
Qui cherche, balançant son aile,
Un ciel brodé d'or et d'azur...

En vain chaque jour nous enlève
Un fragment des siècles passés....
Toujours je vous revois en rêve,
Avec vos longs cheveux tressés,
Vos fronts purs, vos bouches rieuses.
Dans nos plaines silencieuses
Errer quand vient l'ombre du soir,
Ou voler sur la balancelle,
Ou dans notre sainte chapelle
Prier et tenir l'encensoir.

A cette heure le vent fait-il plier le saule,
J'entends comme le bruit d'une robe qui frôle...
Si quelque son lointain retentit dans les airs,
Ce sont vos fraîches voix qui forment des concerts. .

Douces illusions! souvenirs d'un autre âge!
Dans mon cœur aujourd'hui vit encor votre image.
Pour moi, penser à vous, c'est voir dans ma prison
Un beau ciel succéder à mon sombre horizon.

TROISIÈME JOURNÉE.

8 octobre.

——◦◐◦——

SONNET.

Si, poussé par le vent vers la rive étrangère,
Le pauvre nautonier s'est éloigné du port,
Joyeux il voit l'esquif se rapprocher du bord,
Caressé mollement par la brise légère.

— Après les bruits du jour, le silence du soir!
Sur l'horizon des eaux, le calme après l'orage! —
Pense-t-il en voyant le terme du voyage...
Et près du gouvernail, tranquille il va s'asseoir.

Ainsi le faible cœur qu'une douleur profonde
Dès sa plus tendre enfance a bercé chaque jour,
Qui s'est vu sans appui lancé seul dans le monde,

S'il vient dans sa souffrance à connaître l'amour,
Vers le port du bonheur entrevoit son retour,
Et se livre sans crainte aux caprices de l'onde.

QUATRIÈME JOURNÉE.

9 octobre.

Ce soir, le ciel est sombre... et ses épais nuages
Pour la nuit qui s'approche annoncent des orages !
Il fait froid aujourd'hui dans ma triste prison !...
Novembre va bientôt paraître à l'horizon.

Voilà l'hiver, Paris... qui ramène les fêtes :
Pour plus d'un bal déjà les parures sont prêtes !
Le beau monde revient des climats étrangers
Se promener encor sous tes frais orangers;
Tes salons, repeuplés de belles jeunes filles,
Dans quelques jours verront renaître les quadrilles...

Des chefs-d'œuvre nouveaux commence la saison :
Chaque théâtre espère une riche moisson ;
Et bientôt, enrichi par l'art, notre musée
Offrira ses trésors à la foule empressée.

Voilà l'hiver, Paris... et ses mille plaisirs,
Qui du riche bientôt charmeront les loisirs !...
L'on prépare déjà dans tes splendides salles
Tout l'appareil pompeux des folles saturnales ;
Étincelant déjà, les lustres les plus beaux
Remplacent de l'été les modestes flambeaux ;
Le gaz brille tout seul au sein des galeries
Où j'ai tant promené mes vagues rêveries,
Et, par ses mille becs rejetant sa clarté,
Éclaire les lambris d'un reflet argenté.

Voilà l'hiver, Paris... heureux qui peut tranquille
Goûter tous les plaisirs qu'alors offre la ville ;
Et, libre de son sort, sans travaux et sans soins,
De son cœur satisfaire à son gré les besoins ;
Courir de bal en bal et de fêtes en fêtes ;
Optimiste parfait, se rire des tempêtes ;
Et vivant à l'abri des chances du destin,
Proclamer que la vie est un joyeux festin !

CINQUIÈME JOURNÉE

10 octobre.

L'oiseau volage
Qui fuit sa cage
N'est pas, je gage,
Plus gai que moi
Lorsque sans peine
Brisant sa chaîne
Mon cœur m'entraîne
    Vers toi!

La sainte Église,
A Dieu soumise,

Livre à la brise
Un chant de foi
Moins vrai, ma chère,
Que ma prière
Volant légère
      Vers toi!

La jeune aurore
Qui pâle encore
De mon mur dore
L'humble paroi
Est moins riante,
O ma charmante,
Et moins brillante
      Que toi!

L'herbe fleurie
De la prairie
Est tôt flétrie,
Mais cette loi
Qui vite enlève
Aux fleurs leur séve
Est comme un rêve
      Pour toi!

Dans sa richesse
La noble altesse
Qui fière presse
Son palefroi
Serait joyeuse
D'être, orgueilleuse,
Si gracieuse
Que toi!

Pour moi qui t'aime,
Je paîrais même
D'un diadème,
Si j'étais roi,
O mon idole!
Douce parole
De toi!

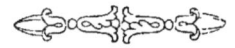

SIXIÈME JOURNÉE.

11 octobre.

———•◊•———

Ici, comme partout, ma gracieuse idole,
Ton image me suit, rêve de chaque jour!
C'est elle dans mes maux qui toujours me console....
Amie, à toi ce chant que m'a dicté l'amour!

N'es-tu pas ici-bas le flambeau qui m'éclaire,
L'étoile de mon cœur, de mes jours le soutien?
A ces heures de doute où la vie est amère,
N'es-tu pas mon espoir et mon ange gardien?

Qu'importe l'avenir que le ciel me prépare?...
Mon avenir, à moi... c'est de garder ton cœur!

Il est mon seul trésor : aussi, j'en suis avare;
Car tu me l'as donné dans des jours de douleur.

Dis-moi, te souviens-tu de nos jeunes années,
Lorsque nos pas tremblants foulaient le vert gazon?
Ah! nous avons compté de bien tristes journées!
Et Dieu doit à nos cœurs un plus calme horizon.

Nous avons traversé, ma sœur, le premier âge,
L'un sur l'autre appuyés pour nous soutenir mieux...
A genoux tous les deux quand grondait un orage,
Nous priions l'un pour l'autre, et regardions les cieux.

Dis-moi, te souviens-tu de nos pensers étranges?
De nos songes si vains et cependant si doux?...
Nous nous sommes aimés comme s'aiment les anges!...
De notre amour si pur peut-être ils sont jaloux.

Car, Dieu le sait, plus tard, quand, perdus dans ce monde,
Sans autre guide, enfants, que notre simple amour,
Inquiets, nous avons tous deux affronté l'onde,
Nos deux cœurs sont restés purs comme au premier jour.

Dis-moi, te souviens-tu de cette humble demeure
Où nous avons passé tous deux nos premiers ans,
Où tous deux réunis, tous les jours, à toute heure,
Nous voyions naître ensemble et mourir le printemps?

Te souviens-tu, ma sœur, de nos plaines fleuries,
De nos fertiles champs, de nos riants coteaux,
De nos ruisseaux si clairs, qui baignaient les prairies,
De nos chemins bordés de chênes et d'ormeaux?

Pour nous, le monde alors... c'était notre ermitage ;
Nous avions pour amis tous les oiseaux des bois;
Nous étions presque heureux, comme on l'est à cet âge,
Quand sur le cœur déjà la souffrance a des droits.

Depuis lors, nous avons passé bien des tempêtes :
Et si nous n'avons pas vieilli sous les douleurs,
Si le vent des chagrins n'a pas blanchi nos têtes,
C'est que nous étions deux, deux pour verser des pleurs...

Un soir... t'en souviens-tu? le ciel était sans voiles,
Dans le lointain mouraient les derniers feux du jour ;
A l'horizon d'azur déjà quelques étoiles
Scintillaient, de la nuit annonçant le retour...

Devant nous s'étendait une riche nature...
L'un près de l'autre assis sur le bord du chemin,
Nous foulions sous nos pieds des tapis de verdure;
Moi, je rêvais pensif; alors tu pris ma main :

« Vois, ami! me dis-tu, calme est cette journée!
» Et cependant hier, là, l'orage a passé!
» Ainsi pour nous, crois-moi, dans le cours de l'année,
» Un jour sombre est toujours par un autre effacé.

» Pourquoi maudire, ami, la vie à son aurore?...
» Pour t'aider à souffrir, n'as-tu pas une sœur
» Qui reste près de toi pour supporter encore
» La moitié des chagrins réservés à ton cœur?... »

Et j'écoutais heureux ta voix mélodieuse;
Et j'admirais ton front qui rayonnait d'espoir,
Ta céleste figure alors si radieuse,
Tes blonds cheveux dorés par les reflets du soir!...

Depuis, j'ai bien souffert... mais toujours ta tendresse
Contre le désespoir a su me protéger,
Toujours tu fus fidèle à ta sainte promesse...
Et partageant mes maux, tu sus les alléger.

Loin de toi, que le jour ou commence ou s'achève,
Je ne demande à Dieu que de nous réunir.
Ah! puisse-t-il bientôt réaliser ce rêve!...
En attendant, ma sœur, je vis de souvenir.

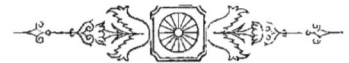

SEPTIÈME JOURNÉE.

12 octobre.

———◆◇◆———

Son nom de la madone
Est le nom simple et doux ;
L'enfant à deux genoux
Implore sa patronne.

Sur son front soucieux
Quand rugit la tempête,
Le marin le répète,
S'il redoute les cieux.

Sur sa barque légère
Le fier Napolitain

Le dit soir et matin
En faisant sa prière.

Il est inscrit toujours
Au chœur de la chapelle;
Car ainsi l'on appelle
Dame de Bon-Secours.

Sur une sainte terre
Cherchant un beau renom,
Le preux avait ce nom
Jadis pour cri de guerre.

En France, un puissant roi,
Aux heures de détresse,
Le murmurait sans cesse
Comme un acte de foi.

A son heure dernière
Le pauvre le bénit,
Et ce nom seul bannit
Les pleurs de la chaumière.

Au clocher du couvent
Dès que l'Angelus sonne,
Le soir, la tendre nonne
L'invoque bien souvent.

Le jeune homme timide
Le soupire en secret,
Lorsqu'un vague regret
Trouble son cœur candide.

Ce nom si gracieux,
Faut-il donc vous le dire?...
Écoutez le zéphire :
Il l'apporte des cieux !

HUITIÈME JOURNÉE.

13 octobre

Mon flambeau projetait son ombre vacillante
Sur les murs délabrés de mon humble réduit :
Je me souvins alors... et ma main vigilante
Pour consoler un cœur a tracé ce qui suit.

Pourquoi tant mépriser une femme tombée ?
Le malheur doit-il donc avilir sans retour ?...
Comme la fleur des champs que le vent a courbée,
Ne pourra-t-elle pas se relever un jour ?

Parmi ces tristes cœurs, que poursuit l'anathème,
Plus d'un est pur encor, qui, digne de pardon,

3

Reviendrait sans effort à la vertu qu'il aime,
Si d'un peu de pitié vous lui faisiez le don.

Ah ! ne maudissez pas, plaignez ces pauvres femmes !
Si pâles sont leurs jours et si décolorés
Que c'est devoir vraiment que de plaindre ces âmes,
Dont les premiers printemps sont sitôt déflorés !

Plaignez-les !... la pitié peut-elle être stérile
Pour ces anges déchus qui doivent tant souffrir !
Plaignez-les ! car maudire est tâche difficile...
Ceux qui savent aimer ne savent pas flétrir.

NEUVIÈME JOURNÉE.

14 octobre.

———◦◦◦———

Du couvent échappée à la prison austère,
Jadis la jeune nonne, à l'ombre du mystère,
Chantait, en se mirant dans les limpides flots,
De nos vieux romanciers ces stances en échos.

« Ce son que la brise apporte
    » Porte
» Un cachet des gracieux
    » Cieux.

» Qui donc, au bois qui frissonne,
    » Sonne

3.

» Au lointain un si touchant
    » Chant?

» Est-ce la voix qui m'invite
    » Vite
» A retourner au couvent,
    » Vent!

» Oh non!... Tant que la verdure
    » Dure ;
» Tant qu'on te suit le matin,
    » Thym ;

» Tant qu'une larme t'arrose,
    » Rose
» Que nous cueillons à genoux,
    » Nous ;

» Dans les prés qu'une onde avive
    » Vive,
» Tant que naissent les jolis
    » Lis ;

» Tant qu'une robe d'opale
        » Pâle
» Au ciel s'offre à mes joyeux
        » Yeux;

» Tant que de la nuit le voile
        » Voile
» La fin de riants toujours
        » Jours :

» Je veux rester dans la plaine
        » Pleine
» De troupeaux qui vont bélants
        » Lents.

» Pour se guider la madone
        » Donne
» Ici l'amour pour flambeau
        » Beau.

» Mon cœur, qui vient de l'entendre
        » Tendre,
» A son feu qui toujours croît
        » Croit.

» Car à celui qui, parjure,
          » Jure,
» Dieu ne fait pas d'un pardon
          » Don ;

» Et l'ennui qui le domine
          » Mine
» Les jours, si le faux amant
          » Ment ;

» Mais celui-là qui moi-même
          » M'aime
» N'a pas un aussi moqueur
          » Cœur.

» Je vais, pour le satisfaire,
          » Faire
» Enfin l'aveu qu'il attend
          » Tant !

» Car le lien qui nous rassemble
          » Semble
» Formé d'un tissu d'azur
          » Sûr ! »

DIXIÈME JOURNÉE.

15 octobre.

———•❀•———

Heureux le prisonnier, s'il garde sur sa lyre
Une corde qui vibre au contact du malheur !
Car Dieu bénit ses chants et son noble délire,
Et prête un peu de force au poëte qu'inspire
    Une sainte douleur !...

Honte à vous, cœurs impurs qui ne pouvez comprendre
Que l'on doit respecter ce qui fut grand et beau,
Que d'un prince l'on doit laisser en paix la cendre,
Qu'aux sépulcres de Dreux l'on ne doit pas descendre
    Pour violer un tombeau !

Au trône près duquel le ciel l'avait fait naître,
Un peuple tout entier reconnaissait ses droits;
Et Dieu, qui dès ce jour l'avait prescrit peut-être,
Avait doté ce front qui plus tard devait être
          Ceint du bandeau des rois.

De nos monts blancs de neige alors que l'avalanche
Roule déracinant les arbres les plus forts,
Le vieux chêne au tronc dur qui sur sa souche penche,
S'il résiste à ce choc, voit sa plus belle branche
          Tomber sous ses efforts.

Ainsi, notre vieux roi, sur le déclin de l'âge,
Après avoir bravé longtemps les coups du sort,
Vit tomber près de lui le fils qui pour partage
Devait avoir un jour la France en héritage,
          Et que faucha la mort.

Car le brillant éclat des têtes couronnées
Ne les préserve pas de la faux des destins!
Elles sont comme nous au malheur condamnées,
Et Dieu dispense aux rois plus de sombres journées
          Que de riants matins.

Que ceux-là qui partout font de la polémique
Discutent à loisir autour de ce cercueil!...
Notre honneur est, à nous, notre foi politique...
N'apportons donc, amis, aux pieds du marbre antique
        Que des pensers de deuil.

Car nous, enfants perdus de cette vieille école,
Lorsqu'on venait en foule implorer son appui,
Nous n'avons pas alors encensé son idole;
Mais quand de son trépas la France se désole,
        Venons pleurer sur lui.

Nos aînés l'ont tous vu, dans l'arène sanglante,
Conduire au champ d'honneur nos régiments épars;
Et le premier au feu, le dernier sous la tente,
Joyeux dans les périls d'une mêlée ardente,
        Guider nos étendards.

Tous l'ont vu, dans ces jours de brillante mémoire,
Comme un simple soldat aux périls s'exposer;
Et, brûlant d'ajouter à son passé de gloire,
Au col du Téniah, pour fixer la victoire
        Au galop s'élancer.

Nous qu'il a visités dans des temps plus prospères,
Nous l'avons vu, témoin de nos ébats guerriers,
Applaudir vivement à ces jeux militaires,
Préludes innocents de ces terribles guerres
        Qui donnent les lauriers.

Ah! pouvions-nous prévoir que par Dieu condamnée,
Comme un rameau brisé par le choc de l'autan,
Sa vie avait à peine à compter une année!
Car, mes amis, nos fronts depuis cette journée
        N'ont pas vieilli d'un an.

Sur toi seul reposait tout l'espoir de la France,
Prince... notre pays parlera dans cent ans
Du fils de roi frappé sitôt par la souffrance...
Et tous ceux qui du peuple ont compris l'espérance
        Le pleureront longtemps.

Ta mort à nos regrets offrait un champ fertile...
Si la force a trompé mon légitime effort,
La faute est à moi seul... la tâche était facile,
Mais sans doute ma main à ramer trop débile
        M'a laissé loin du port!...

ONZIÈME JOURNÉE.

16 octobre.

—◦◦◦—

Pour la première fois de ma triste demeure
Je devais aujourd'hui sortir pendant une heure :
Bercé d'un doux espoir, de mon sort satisfait,
Je m'endormis... Voici le rêve que j'ai fait...

Un ciel sans nuage
D'un bosquet fleuri
Rendait doux l'ombrage :
Assis sous l'abri
D'un riant bocage,

J'écoutais joyeux
D'une source pure
Le lointain murmure,
Et sur la verdure
Je suivais des yeux

De l'onde fuyante
Les mille détours...
Si gaie est la pente
De l'eau qui serpente
Et coule toujours!...

Près de mon oreille
Dans l'air bourdonnait,
Agitant son aile,
Et puis butinait
La soigneuse abeille.

Papillon d'azur
Qui toujours se pose
Sur la fleur éclose,
Suçait d'une rose
Le calice pur.

Ici la fauvette
Sifflait un air vif,
Et mêlait, coquette,
A son ariette
Quelque son plaintif.

Du bois solitaire
Un chant gracieux
Perdu sur la terre
Montait vers les cieux
Comme une prière.

Voilà le bonheur,
Car douce est la vie,
Lorsque pour patrie
L'on a la prairie,
Disais-je à mon cœur.

Déposons la rame!
Là, point de prison!
La vie est sans drame,
Et pure est mon âme
Comme l'horizon...

Et mon cœur rebelle
Me disait tout bas :
Mais peut-être celle
Qu'on mène là-bas
Plus heureuse est-elle...

Age des plaisirs,
Ta durée est brève,
Et mon cœur qui rêve
Garde encor la séve
Des jeunes désirs.

Loin de cette plage
Quel sera mon sort?...
Cet autre rivage
Pour toi, cœur volage,
Aura-t-il un port?...

Alors, obéissant à mon âme inquiète,
De ce riant tableau je détournai la tête,
Mon cœur l'avait déjà contre un autre échangé!...
Quand je revins à moi, la scène avait changé.

Un horizon de fumée
Se déroulait à mes yeux;

La nue était enflammée,
L'oiseau fuyait vers les cieux;
Comme un torrent dans la plaine,
Près de moi foulant l'arène,
S'élançaient les escadrons;
Sur leurs chevaux de bataille,
Bravant joyeux la mitraille
Qui va sifflant sur les fronts.

Pour parfum j'avais la poudre
Qui voilait les étendards;
J'entendais gronder la foudre
Sur les bataillons épars,
Puis au loin dans la vallée
Le fracas de la mêlée,
Des sabres étincelants
Le cliquetis qui résonne,
Le bruit du canon qui tonne
Et les cris des combattants.

Le clairon, dans la carrière,
Sonnait l'hymne du vainqueur,
Et la trompette guerrière
Faisait tressaillir mon cœur.
J'étais honteux de ma vie,
Je voyais avec envie

Tous les jeunes officiers
Couverts de sang et de gloire
Venir après la victoire
Chercher leur part de lauriers.

« Choisis, me disait mon âme :
» Là, le ciel toujours si pur;
» Ici, l'horizon de flamme
» Qui du ciel voile l'azur;
» Là, les concerts des fauvettes;
» Ici, la voix des trompettes
» Guidant le brave aux combats;
» Là, cette onde claire et belle;
» Ici, le sang qui ruisselle
» Et se fige sous tes pas... »

Adieu donc, riche prairie,
Pour moi trop calme séjour!
Je veux voir dans ma patrie
Si l'on peut grandir un jour...
Car aux chants de ton bocage
Je préfère de l'orage
Les sons qui sifflent dans l'air,
A ton soleil qui rayonne
La nuit qu'en tous sens sillonne
Le jet brillant de l'éclair!

Et, saisi tout à coup d'une ardeur belliqueuse,
Je bondissais déjà sur l'arène poudreuse...
Quand un bruit de verrous, m'arrachant au sommeil,
Vint m'annoncer enfin mon heure de soleil.

DOUZIÈME JOURNÉE.

17 octobre.

———

SONNET.

A MES AMIS.

Ma prison réfléchit les feux mourants du soir ; '
Dans une heure se clôt ma douzième journée :
Au pied du lit grossier dont ma case est ornée
Pour la dernière fois gaîment je viens m'asseoir.

Mes amis, c'est à vous que, timide manœuvre,
J'offre ces quelques vers pensés, écrits sans art.
Ce sont rêves du cœur sans apprêts et sans fard,
Vous serez indulgents, n'est-ce pas, pour mon œuvre ?

Car qui de vous n'a pas, quand sombre était le jour,
Quand son âme semblait oublier l'espérance,
D'un jour plus pur en songe entrevu le retour?

Et moi, qu'entouraient seuls la nuit et le silence,
Qu'ai-je fait?... J'ai rêvé qu'il faut à l'existence,
A défaut de soleil, au moins un peu d'amour!

A. DE LA FORTELLE.

POUR ELLE!

Vierge que j'adore,
Soumise à ta loi
Mon âme t'implore
Pour elle et pour moi.
Divine Marie,
C'est toi que je prie
Du matin au soir :
Des cieux noble reine,
Soulage ma peine;
Je conserve à peine
Une ombre d'espoir.

Par toi jeune fille
Obtient un époux,

Et chaque famille
Dit ton nom si doux;
Sitôt que l'aurore
De ses rayons dore
La voûte des cieux,
A toi, tendre mère,
Chacun sur la terre
Offre sa prière
Et ses premiers vœux.

Au pauvre qui pleure,
Au faible orphelin,
Marie, à toute heure
Tu donnes du pain :
Jamais la souffrance
Sans nulle espérance
Ne ronge le cœur,
Jamais la tristesse
N'est sans allégresse;
Tu pourvois sans cesse
A notre bonheur.

Je ne te demande
Que bien peu pour moi :
Reçois pour offrande
Mon cœur et ma foi :

Tu sais que je l'aime
D'un amour extrême :
Daigne la bénir !
Permets en ce monde
Que douleur profonde
Jamais ne réponde
A son avenir !...

Et, dans la tempête,
Si quelque malheur
Fondant sur sa tête
Fait ployer son cœur,
Pitié pour son âge !
Que ta main soulage
L'ange confiant !
De son existence
Bannis la souffrance :
Rends-lui l'espérance,
Soutien de l'enfant !

Pour elle légère,
Mais que, grâce à toi,
Sa part de misère
Repose sur moi !
Mon âme isolée
Sera consolée,

Et jusqu'au cercueil
Mon cœur sans alarmes
Trouvera des charmes
A verser des larmes,
A vivre de deuil.

Saint-Cyr, 30 avril 1841.

A. DE LA FORTELLE [1].

[1] M. de la Fortelle est mort en Afrique peu de temps après sa sortie de l'École, et c'est pour élever un monument à la mémoire du jeune et infortuné poëte mourant sous les drapeaux que nous donnons ici son nom.

UNIFORME DE L'ÉCOLE SPÉCIALE MILITAIRE EN 1809

ODE.

AU DRAPEAU DE SAINT–CYR[1].

—◆—

Salut, drapeau de la patrie !
Aigle française, aigle chérie,
Déploie au vent tes trois couleurs !
Oui, sors avec magnificence,
Le premier bataillon de France
Te couronne aujourd'hui de fleurs.

Ami de nos vaillantes fêtes,
Toi qui planeras sur nos têtes

[1] *Notice.* Le 10 mai 1852 eut lieu à Paris, au champ de Mars, la distribution des aigles à tous les corps de l'armée française, le bataillon de Saint-Cyr assista en armes à cette cérémonie ; et le premier drapeau que donna le prince Louis-Napoléon Bonaparte, alors Président de la république, fut celui de l'École spéciale militaire, sur lequel est inscrite la devise ILS S'INSTRUISENT POUR VAINCRE.

Au soleil de feu des beaux jours,
Ouvre tes ailes triomphantes
Au son des marches éclatantes
Et des roulements des tambours.

Aigle à la fière banderole,
Quand tu fus donnée à l'École
Par la main qui sut l'exhausser,
Ce jour même, ivre de délire,
Un noble débris de l'Empire
Disait en nous voyant passer :

— « Drapeau, que tes longs plis s'agitent!...
» Si jamais ces enfants hésitent,
» Rends-les jaloux d'un beau trépas;
» Mais non, sois joyeuse, ô bannière,
» L'honneur doit suivre la carrière
» Où jadis tu guidais nos pas.

» Écoutez-moi... les canons grondent,
» Les échos effrayés répondent
» A l'airain arbitre du sort;
» C'est l'heure où les champs de bataille
» Couverts des feux de la mitraille
» Sont devenus des champs de mort...

» Ainsi quand le vent se déchaîne

» Et fait trembler jusqu'au vieux chêne,

» Le roi des antiques forêts;

» Que les longs éclats de la foudre

» Ont menacé de mettre en poudre

» Les toits du chaume et du palais;

» L'aigle superbe ouvrant ses ailes

» Remonte aux voûtes éternelles,

» Que déchirent d'ardents éclairs;

» Son regard est calme et sublime,

» Et semble lorsque tout s'abîme

» Commander au fracas des airs...

» Drapeau, tu fis le tour du monde,

» Et comme à l'astre qui féconde

» Le cercle d'un vaste horizon,

» Dieu disait : — Porte sur la terre

» Le bien et l'esprit de lumière

» Que je souffle en Napoléon ! —

» Hélas! quand elle fut trahie,

» D'un jour de deuil pour la patrie

» Tu te souviens, Fontainebleau!

» O grande et touchante ruine!

» Napoléon sur sa poitrine
» Tient embrassé le vieux drapeau...

» O drapeau, meure notre gloire
» Si l'on doit perdre la mémoire
» De celui qui vit nos sanglots!
» Enfants, oubliez nos misères!
» Mais souvenez-vous que vos pères
» Ensevelissaient un héros!... »

. . . .

Ton vœu ne sera point stérile,
Noble vieux soldat, meurs tranquille;
Nous suivrons ton vaillant chemin.
L'aigle française aussi nous mène;
Peut-être qu'en passant par Vienne,
Un jour nous irons à Berlin!

Nous vivrons aussi dans l'histoire;
Nous vouons nos noms à la gloire,
A l'Empereur notre avenir!
Drapeau,.que tes longs plis le disent:
Saint-Cyriens, *pour vaincre ils s'instruisent,*
Français, ils sauront bien mourir!

Salut, drapeau de la patrie,
Aigle française, aigle chérie,
Déploie au vent tes trois couleurs!
Oui, sors avec magnificence,
Le premier bataillon de France
Te couronne aujourd'hui de fleurs!

2 décembre 1852.

JADIS ET MAINTENANT.

ᴀɴꜱ mes heures de rê-
[ve, ô manoir solitaire,
Je ne puis contempler ton faîte centenaire
Ni porter un regard au sol que nous foulons
Sans joindre quelques fleurs à nos songes arides
Et penser qu'autrefois des colombes timides
Ont dormi dans cet aire où dorment des aiglons.
Leurs pas ont résonné sous ces voûtes profondes;
Dans les soirs étoilés on vit leurs têtes blondes
Rêveuses se pencher à tes barreaux de fer.
Où donc leurs douces voix, dans leurs accords bibliques,
Faisaient-elles vibrer l'harmonie angélique
        Des cantiques d'*Esther?*

LES SAINT-CYRIENS SOUS LE QUINCONCE.

Près d'elles le grand roi, courbé sous son automne,
Oubliait les ennuis de sa lourde couronne.
Il aimait ces tissus où se brodait son nom;
Vos chants lui rappelaient ses victoires sans nombre,
Oh! pensiez-vous alors que ce manoir si sombre
Serait le Saint-Denis de votre Maintenon?

Non... vous ne songiez pas que ces royales têtes
Dont vos yeux éblouis voyaient de près les fêtes
Au souffle du malheur disparaîtraient un jour,
Comme au souffle du nord les feuilles desséchées;
Que vous-mêmes seriez du parterre arrachées,
      Pauvres roses d'amour!

    Adieu donc, royales familles;
    Adieu pour toujours, jeunes filles;
    Adieu, mes rêves d'autrefois;
    Je sens les parfums de la poudre,
    Je vois aux éclairs de la foudre
    César debout sur son pavois.

    De César la guerre est maîtresse,
    Le pouvoir est sa seule ivresse,
    La conquête est sa volupté.
    Voici le règne de la gloire,

Levez-vous et pour la victoire
Désertez tous la liberté !

Oh! que va devenir l'antique sanctuaire
Où Saint-Cyr enfermait un essaim solitaire
De vierges qui n'ont pu le quitter sans soupir?
Ce qu'il va devenir?... Un temple de la guerre,
Un gymnase de Sparte, ardente pépinière
D'où partent des héros qui vont vaincre ou mourir.

Dans ces austères murs, les chants et les prières
Désormais ont fait place à des clameurs guerrières.
Plus de soupirs de femme inspirés par l'amour,
Les rêves de nos cœurs sont des rêves de gloire,
Des drapeaux festonnés des mains de la Victoire;
Nos concerts sont la voix roulante des tambours.

Là-bas, vers l'orient, dans la longue prairie
Où Maintenon guidait leur cohorte fleurie,
Où leurs pieds de satin foulaient le vert gazon,
Notre obusier vomit ses gerbes d'étincelles,
La bombe vole aux cieux sur d'invisibles ailes,
Et de son arc immense embrasse l'horizon.

Comme elles frémiraient, ces blondes jeunes filles,
Dont les doigts faiblissaient au poids de leurs aiguilles,
S'il fallait que leur main tînt ce pesant levier,
Remuât ces canons, ou que leur tête blonde
Apprît l'art épineux d'ensanglanter le monde,
D'épurer le salpêtre et de forger l'acier!

Oh! non, ne touchez pas à la lance d'Achille,
Laissez-nous cette armure, ô tendres jeunes filles,
        A nous le sabre et l'éperon,
La cuirasse de fer, parure éblouissante,
        Et la cavale bondissante,
        Qui hennit au son du clairon!

        A nous cette mêlée ardente,
        A nous cette plaine sanglante,
        A nous la gloire et le trépas;
        A nous ces nuages de poudre,
        A nous les éclairs et la foudre
        Et la volupté des combats.

Voilà notre destin à nous tous, jeunes hommes,
Si notre sort vous touche, eh bien, tendres fantômes,
Revenez à l'église avec vos chants si doux,
Quand les feux de la lune ont remplacé les cierges,

Et la main sur le cœur, pour nous, ô blanches vierges,
    Priez à deux genoux.

Et quand d'autres, ici, auront pris notre place,
Quand l'hiver est si dur, quand le vent est de glace,
Et qu'il siffle la nuit dans le long corridor,
Dans le sombre dortoir, venez, ombres charmantes
De votre main d'albâtre à ces âmes souffrantes,
    Verser des rêves d'or.

Je le crois. Quand le temps, décorateur magique,
Tendra sur le passé son voile poétique,
Nous parlerons souvent de ce sombre manoir.
L'âme regrette alors les jours de la jeunesse,
Et songe avec amour à ces heures d'ivresse
    Comme à des heures sans espoir.

Alors nous maudirons cette bizarre envie
Qui nous faisait hâter le roman de la vie,
Quand Saint-Cyr nous semblait une horrible prison.
Alors nous aurons vu, sur la scène du monde,
Tous nos plaisirs d'un jour s'écouler comme l'onde,
Et l'astre du bonheur quitter notre horizon.

JADIS ET MAINTENANT

OU 1690 ET 1828.

———◦◁▷◦———

Breves transeunt anni.

(1828.)

Tout ici-bas change de caractère ;
La terre tourne et roule à tous moments ;
Et tout ici, tournant comme la terre,
Devient sujet à mille changements.

Cette maison, où *jadis* l'innocence
Fuyait le monde et ses plaisirs trompeurs,

NOTICE. — On sait que madame de Maintenon avait ouvert les
portes de Saint-Cyr à trois cents demoiselles, qui devaient présenter
pour titres : la noblesse et l'instruction. Par la suite des changements qui ont tout bouleversé, la maison de Saint-Cyr est devenue
une École militaire, et c'est un contraste bien frappant que de voir
trois cents soldats là où l'on voyait trois cents Agnès, toutes jeunes
et presque toutes jolies.

5.

Est *maintenant* une école où la France
Fait aux combats former ses défenseurs.
Et dans ces lieux où l'on apprend la guerre,
Et les secrets de cet art inhumain,
Là, de beautés, dans l'ombre et le mystère,
On élevait un gracieux essaim.

De Maintenon, de mémoire royale,
Un général a pris l'appartement :
Nous dévorons notre pain dans la salle
Où maint bonbon se mangeait gentiment.

Dans ces dortoirs où la jeune fillette,
En rougissant, consultait son miroir,
En un instant j'achève ma toilette,
Et sors du lit, fort souvent sans y voir.
Sur cette froide et mauvaise couchette,
Ce pauvre lit et si dur et si bas,
La belle Agnès, tendre autant que discrète,
Jadis peut-être étendit ses appas.

Elle y dormait; mais en vain avec force,
Moi, je me tourne en maudissant le sort;
Le doux sommeil avec moi fait divorce,
Pourtant sans peine un innocent s'endort.

Et passe encor si cette Agnès jolie,
Dans mon malheur prenant pitié de moi,
Pour adoucir la cruelle insomnie,
M'apparaissait... pour calmer mon émoi!...
Les roulements remplacent les cantiques :
Aux hymnes saints succèdent les jurons.
Jadis la cloche aux sons purs et mystiques,
Et *maintenant* le fracas des canons.
Dans cette enceinte où *jadis* de Racine
On entendait les vers harmonieux,
Où Polyeucte a converti Pauline,
Et renversé les autels des faux dieux;
L'ancien, gaîment court, voltige à merveille,
Et de son art nous montre le secret;
Et le conscrit va, portant bas l'oreille,
En bougonnant, grelotter au piquet.

Rien dans ces murs tristes et solitaires,
Ne porte atteinte à notre pureté.
Mais... je ressens des vapeurs somnifères...
Et je m'endors... je rêve en vérité.
Je vois du temple Athalie arrachée...
Voici les Juifs... les Juives... et bientôt
J'embrasse Esther aux pieds de Mardochée,
Quand le tambour me réveille en sursaut!

Maudit tambour, ta bruyante cadence
Me plairait fort au milieu des combats :

Mais, je la crains, quand, au sein du silence,
Le doux plaisir me berce dans ses bras.
Tout, même un songe, ici l'on nous l'enlève ;
Dans ce dortoir, *jadis* plus attrayant,
Si gente fille a formé plus d'un rêve,
Qu'un rêve au moins soit permis *maintenant*.

L'ÉPIDÉMIE,

POÈME HÉROICO-COMICO-HISTORIQUE.

(1828.)

— ⬩ —

‹ Infandum, regina, jubes renovare dolorem.

VIRGILE, Énéide, II.

CHANT Ier.

ARGUMENT. — Invocation du poëte... — Il s'adresse à la muse qui préside aux secrets de la médecine. — Sujet du poëme. — Portrait de Martreux. — Ses emplois et les affronts que lui mérite son avarice. — Ajax le punit de sa lésine. — Projets de Martreux, et son discours à Jean-Jean, dans lequel il lui expose son déplaisir et sa vengeance.

Muse, dont la voix
[me pénètre et
[m'inspire,
Viens plonger mon esprit dans un brûlant délire;

Déroule sous mes yeux le tableau des enfers,
Et montre à mon esprit les maux que j'ai soufferts.
Muse, toi qui connais les mystères d'Hygie,
Toi qui sondas longtemps les ressorts de la vie,
Je t'invoque en ce jour, et, laissant loin de moi
La lyre *dont la corde est capable d'effroi,*
Et soupire humblement quelque chant érotique,
Je vais tirer des sons de la trompette épique :
Je vais dire comment un courroux dangereux
Introduisit jadis la peste dans ces lieux,
Peste qui, tout d'un coup surprenant nos entrailles,
Sembla devoir remplir Saint-Cyr de funérailles...
Peste qui fit du bruit, et qui doit devenir
L'éternel entretien des conscrits à venir...
Muse, redis-nous donc, contre nous, quel outrage
Du superbe Martreux avait causé la rage ;
Découvre-nous le fil de ces secrets complots,
Et peins-nous avant tout les traits de ce héros.

La fatigue et les ans ont arqué son échine ;
Les soucis, les remords sont écrits sur sa mine ;
Son front d'un réprouvé porte l'arrêt fatal.
Du blanc cadavéreux de son œil infernal,
On voit se détacher deux ardentes prunelles
Qui dans l'obscurité lancent des étincelles ;
On le voit cheminer, toujours les yeux baissés,
Le cou tendu, l'air morne, et les crins hérissés.

Pour soùrire jamais il n'entr'ouvre la bouche;
Un loup-cervier n'a pas le regard plus farouche
Lorsque, pressé partout par la meute aux abois,
Ses affreux hurlements font retentir les bois.
Comme un chef qui conduit sa troupe à la victoire,
Il conduit chaque jour nos plats au réfectoire.
C'est alors qu'en passant les surnoms de larron,
De fourbe, de lésin, de rogne-portion,
Volent à son oreille; et son âme en silence
De ces nombreux affronts médite la vengeance.

Enfin il arriva ce jour où son courroux,
Trop longtemps réprimé, devait nous frapper tous.
D'un gigot mal bouilli la trop maigre substance
Forçait six d'entre nous à garder l'abstinence:
Ajax entre soudain, et, dans un beau transport,
Jure contre Martreux de lancer un rapport,
Et, pour que du fripon la rage soit complète,
A ses frais et dépens fait cuire une omelette!...
Il fallut obéir à cet ordre cruel,
Mais il fit sur son cœur l'effet d'un coup mortel.

Lorsque toute l'École eut déserté la table
En laissant presque entier un souper détestable,
Martreux, pâle de rage, appelle en frissonnant
Jean-Jean, de ses chagrins le secret confident.

Il suffoque d'horreur, et sa douleur trop vive
Longtemps dans ses poumons retient sa voix captive.
Mais enfin, préludant par de profonds sanglots,
Les yeux rouges de pleurs, il éclate en ces mots :

« Enfin il vient pour moi, le jour de la vengeance !
» Longtemps j'ai dévoré ma pénible souffrance;
» Longtemps, pour attendrir le cœur de ces ingrats,
» J'ai fait maint changement à leurs maigres repas.
» Pour rendre du bouilli la chair plus succulente,
» Des ognons j'empruntai l'assistance piquante :
» De leurs gigots brûlés l'affreuse aridité
» N'offrait aucun attrait au palais rebuté :
» Il me fallut alors torturer mon génie
» Et sonder les replis de la gastronomie.
» On sait de mes travaux quel fut l'heureux succès :
» Je servis le gigot entouré de navets.
» Ce mets, auparavant à peine supportable,
» Grâce à cet accessoire est d'un goût délectable...
» D'un ardent projectile atteint droit sur le front,
» Ajax, pour se venger d'un si cruel affront,
» Frémissant au seul nom d'une pomme de terre,
» A ce plat meurtrier a déclaré la guerre :
» Il ordonna malgré mes efforts superflus,
» Qu'hormis en fricassée on n'en servirait plus !
» Tu sais que, de ce plat embrassant la défense,
» J'employai, mais en vain, toute mon éloquence,

» Et que, si mes avis avaient eu plus de poids,
» On l'aurait dû servir encor plus d'une fois.
» Eh bien! quand, animé d'un zèle infatigable,
» De mets plus abondants j'ai surchargé la table,
» Quand, pour les engraisser, j'ai sué sang et eau,
» Les ingrats dans mon sein enfoncent le couteau.
» Mais de tous leurs mépris je me ferai justice :
» Il faut un châtiment dont l'École frémisse.
» Jadis je fus hussard, et je ne puis nier
» Que jamais aux vaincus je n'ai fait de quartier.
» Rappelant aujourd'hui mon antique prouesse,
» J'assouvirai sur eux ma fureur vengeresse.
» Oui, je veux qu'une peste aux accès violents
» Au milieu de la nuit les surprenne dormants;
» Je veux que mille cris de souffrances, d'alarmes
» Expient en un instant et ma honte et mes larmes,
» Et que, pour éviter un déluge nouveau,
» Pour sortir du dortoir il leur faille un bateau.
» Jean-Jean, pour me venger j'attends tout de ton zèle :
» Rassemble des garçons la cohorte fidèle
» Dans le vaste manége, et, quand viendra minuit,
» Avec ton escadron tu m'attendras sans bruit. »

CHANT II.

ARGUMENT. — Sous la conduite de Jean-Jean, tous les garçons de l'école
se réunissent au manége. — Du haut de la tribune, Martreux les pé-
rore et leur expose ses intentions... — Dévouement de Fanfan qui
revient victorieux. — Martreux fait les apprêts de sa vengeance, qui
fait frémir la terre!

Cependant, de guerriers une ardente cohorte
Du manége en silence a traversé la porte;
Rassemblés tout d'un coup au milieu de la nuit,
Ils ignorent encore où Jean-Jean les conduit.
Mais dans tout leur éclat les rayons de la lune
Du manége éclairant la gothique tribune,
Ils y portent la vue, et sur-le-champ leurs yeux,
A son habit marron, reconnaissent Martreux.
Celui-ci se recueille un instant en silence,
Et toussant dans sa main, en ces mots il commence :

« Escadron indomptable, ô troupes de héros,
» Les plus fermes soutiens de mes nombreux travaux,
» Oui, j'aime à l'espérer, votre reconnaissance
» N'a pas de mes bienfaits perdu la souvenance :
» Huit dindons détournés pour votre seul profit
» Sont encor, je le crois, présents à votre esprit.
» Ardents adorateurs du doux jus de la treille,
» Je vous ai vus, tout bas, boire mainte bouteille

» Et du nectar d'autrui faire fête entre vous...
» Si, discret et clément, je vous épargnai tous,
» Vous pouvez, me payant de tant de bienveillance,
» Satisfaire en ce jour à la reconnaissance.
» Il faut que l'un de vous, d'un beau zèle animé,
» Et surtout par l'amour de la gloire enflammé,
» Pénètre cette nuit dans la sombre avenue
» Qui renferme en son sein un enclos de ciguë.
» En tout temps cette plante y fleurit à foison :
» Il faudra qu'il en fasse une riche moisson;
» Puis, chargeant son butin sur une vaste hotte,
» Qu'il m'en apporte au moins la valeur d'une botte.

» Le danger est bien grand, je n'en disconviens pas,
» Mais le prix que j'y mets possède mille appas.
» Si ce mortel heureux trompe la vigilance
» Du chien, de cet enclos redoutable défense,
» Douze jeunes beautés chaque jour en ces lieux
» Donnent à ce jardin des soins laborieux :
» Lison, sans contredit la plus belle des douze,
» C'est moi qui le promets, deviendra son épouse :
» Il recevra de moi des dons toujours nouveaux,
» Et je tiendrai ses fils sur les fonts baptismaux.
» Si dans cette action l'infortuné succombe,
» De cent coups de fusil nous criblerons sa tombe,
» Et sur son mausolée on inscrira ces mots :
» Arrête, voyageur, tu foules un héros!!!... »

Il se tait : nos guerriers demeurent dans l'attente;
Pour ce hardi projet pas un ne se présente.
Hélas! pourquoi Martreux a-t-il parlé du chien?
Ils y voleraient tous sans ce cruel gardien.
Tout à coup, au milieu de ce honteux silence,
Semblable aux immortels, un jeune homme s'élance:
C'est Fanfan, des garçons le pilier et l'honneur.
Il fixe sur Martreux des yeux brûlants d'ardeur :

« Moi, j'irai de ce dogue affronter la furie :
» Cette témérité peut me coûter la vie;
» Mais, ô belle Lison, si je meurs sous ses coups,
» Je serai mort, du moins, pour être ton époux. »

En proférant ces mots qu'un murmure accompagne,
Il s'arme d'une faux et se met en campagne.
Martreux s'éloigne alors avec émotion,
Et lui donne en partant sa bénédiction.

Hélas! pourquoi du chien la gueule meurtrière
Ne punit-elle pas l'imprudence guerrière
D'un jeune écervelé qui, pour avoir Lison,
Devait pourvoir Martreux de cet affreux poison?
Mais nos iniquités pendant l'année entière
Avaient sur nous du ciel attiré la colère :

De nos propos affreux, pleins d'aigreur et de fiel,
Nous avions tout lassé les hommes et le ciel.
Enfin, notre conduite était si détestable
Qu'afin de réprimer ce désordre effroyable
Et par punitions nous faire marcher droit,
A trente vieux cachots il fallut un surcroît.

Est-il donc étonnant pour nous faire la guerre,
Que le ciel à Martreux ait uni sa colère,
Et protégé les jours du garçon trop heureux
Dont le bras secondait et son maître et ses feux?
Le ciel de ses desseins favorisa l'issue :
Fanfan revint chargé de gloire et de ciguë;
Martreux, le recevant, lui dit encor : « Mon fils,
» De ton saint dévoûment Lison sera le prix. »

A peine a-t-il reçu cette herbe vénéneuse,
Qu'il procède aussitôt à sa vengeance affreuse.
Il entre à la cuisine, où, sans beaucoup de frais,
D'un très-maigre souper on faisait les apprêts.
Au sein des saladiers, sous la verte laitue,
Sa main place avec art quelques brins de ciguë :
Il les mêle, les tourne et les retourne encor,
Escorte le convoi le long du corridor :
Certain qu'il est entré, d'une voix diabolique
Il invoque le Dieu qui veille à la colique.

La lune, à nos regards se dérobant soudain,
Refuse d'éclairer cet horrible festin;
Et, quand cette salade eut été dévorée,
L'âme d'un vif effroi tout à coup pénétrée,
Chacun sentit trembler le parquet sous ses pas,
Et trois fois du tonnerre entendit les éclats.

CHANT III.

ARGUMENT. — Le conseil rassemblé, Agamemnon en est président. —
Son portrait et son discours. — Portrait d'Ajax. — Discours de Nestor
et de Diomède. — Conclusion du discours de Castor. — Avis d'Ulysse,
d'Hylas. — Décret mis à l'ordre du jour. — Conclusion.

Qu'est-il donc advenu? quel malheur si funeste?
On dirait que l'École est en proie à la peste;
On voit rôder partout le beau parleur Castor,
Et, la canne à la main, se démener Nestor :
On les voit se chercher, se consulter ensemble.

Eh! grands dieux! à l'instant le conseil se rassemble.
O Muse, dans son sein, va, dirige tes pas,
Et viens nous raconter l'objet de leurs débats.
A ce docte conseil Agamemnon préside :
C'est, dans tous ses décrets, la raison qui le guide.
A sa droite est Ajax, siégeant avec honneur;
Dans les avis qu'il donne on reconnaît son cœur;

Il adoucit pour nous les coups de la justice ;
Il est sourd à la brigue et vaillant à la lice.
Ignorant des rhéteurs le captieux jargon,
Il n'a jamais voté sans lâcher un juron.

Mais que fais-je ? Pourquoi peindre le caractère
De ceux que nous allons entendre en cette affaire ?
Assez on en pourra juger par leurs propos.
Agamemnon se lève et s'exprime en ces mots :

« Membres intelligents de cet aréopage
» Qui des dieux assemblés me présentez l'image,
» Dont, purs autant que sains, les nombreux jugements
» Se sont avec les miens accordés de tout temps,
» Si, pour vous consulter j'ai devancé l'aurore,
» Quand chez soi dans son lit chacun repose encore,
» Si la terreur poignante agite mes esprits,
» Si je frissonne, enfin, n'en soyez pas surpris :
» On vient de m'apporter un mémoire authentique,
» Et Saint-Cyr est en proie aux feux de la colique.
» Le fléau vers minuit a soudain préludé :
» Des détonations l'ont d'abord précédé ;
» Chacun sent dans son ventre une mer qui bouillonne
» Et le pressant besoin bientôt les aiguillonne ;
» Heureux qui, de son lit s'élançant aussitôt,
» Au but qu'il se propose arrive le plus tôt.

6

» Déjà dans les dortoirs règne un affreux désordre :
» Les officiers, criant, veulent rétablir l'ordre :
» Pour calmer les esprits leur zèle est beau, mais vain,
» Et chaque élève crie en courant : Tout est plein !...

» Cependant en tous lieux des traces odorantes
» Attestent leurs besoins et leurs douleurs pressantes ;
» Et chacun, pour sortir, à chaque pas glissant,
» Sur le parquet souillé ne marche qu'en tremblant.
» La nature en fureur dompte leur patience ;
» Les murs escaladés !... ô comble d'imprudence !...
» On en a vu... (pour eux j'en tremble encor d'effroi),
» On en a vu... bravant et le ciel et la loi,
» S'élancer furieux, et sur une fenêtre
» Porter leur désespoir et leurs besoins peut-être...
» A l'instant du remède il faut nous occuper ;
» Nestor, qu'en pensez-vous ?... Il faut les constiper !

» — C'est assez mon avis, lui répond l'Hippocrate ;
» Réfléchissons, pourtant, l'affaire est délicate.
» Cette colique annonce abondance d'humeurs,
» Et de plus embarras dans les canaux vecteurs ;
» Il faut les balayer : pour cela d'un clystère
» Nous pouvons employer le moyen salutaire ;
» Tel serait mon conseil. Si pour leur guérison
» Vous voulez employer la constipation,

» Il est un astringent d'une vertu très-sûre,
» Très-abondant d'ailleurs dans toute la nature :
» C'est du riz que je parle, et je serais d'avis
» Qu'on mît dans leur bouillon quelques boisseaux de riz. »

Diomède, à ces mots, frémit d'impatience.
Pour parler à son tour de son siége il s'élance.
Sans vouloir s'annoncer par un avant-propos,
Il brusque sa harangue et détonne en ces mots :

« Quand je suis dérangé, ce qui n'arrive guères,
» Croyez-vous que jamais j'ai recours aux clystères ?
» Point du tout : d'un vin vieux j'ai soin de m'arroser,
» Et puis par là-dessus je vais me reposer.
» Le vin guérit de tout : c'est mon remède unique.
» Dieu l'a surtout créé pour chasser la colique ;
» Je tiendrais le clystère un remède divin,
» Si, laissant là l'eau chaude, on le donnait au vin. »

Sur un ton plus adroit le vieux Castor commence ;
Mais, voyant qu'il endort avec son éloquence,
Il sait sacrifier une péroraison
Pour arriver de suite à la conclusion.

Quant à ce marmiton qui, par sa négligence,
A mis toute la nuit cette École en souffrance,

Il faut contre ses jours qu'un arrêt soit rendu,
Jusqu'à ce que mort suive il doit être pendu.

Ulysse fait ensuite advenir la chimie :
« On devait, disait-il, craindre une épidémie ·
» L'air chaud, les gaz fuyant le commun réservoir,
» L'oxygène, l'azote me l'avaient fait prévoir. »

Lannux vante une poudre étonnante, admirable ;
Hylas veut réformer et la soupe et la table ;
Enfin chaque conseil est admis à son tour,
Et le décret suivant mis à l'ordre du jour :

« Les élèves auront du vin à déjeuner,
» Et, pour se constiper, du riz à leur dîner :
» Pour rendre son effet encor plus efficace,
» Il leur sera servi dans une soupe grasse ;
» Et, pour purger ces lieux de leurs infections,
» De chlore on y fera des fumigations. »

Telle est de nos malheurs la déplorable histoire.
Muse, de cette nuit conserve la mémoire,
Et fais que tous mes vers, sacrés pour l'avenir,
Se gravent en traits d'or sur les murs de Saint-Cyr !

LE BONNET DE POLICE[1].

(1828.)

AIR : *Mon vieil habit.* (BÉRENGER.)

O mon bonnet, ô ma seule coiffure,
D'un bonnet fin tu n'as plus le brillant;
Deux brins de fil te servent de couture,
Un gland râpé fait ton seul ornement.
Sur ton sujet qu'on n'aille point médire...
Tant que du froid tu me garantiras,
Je chanterai ce refrain sur ma lyre :
Mon vieil ami, ne nous séparons pas !

[1] Le bonnet de police était la coiffure des élèves de Saint-Cyr en petite tenue : un conscrit devait le porter droit sur sa tête ; et lorsqu'il osait enfreindre cette loi, il s'exposait à tout le ressentiment des anciens, dont un des principaux avantages était de porter le bonnet de police jeté sur l'oreille. Ceci est pour éclaircir la presse indiquée au second couplet. Aujourd'hui le bonnet de police est remplacé par le képi.

Quand tu parus dans notre république,
Tu sus des sots exciter les clameurs ;
Mais sur mon front, dédaignant la critique,
Tu restas ferme en dépit des censeurs.
Sur la poussière, en vain dans mainte presse
Les combattants te foulaient sous leurs pas :
Comme un soleil tu revenais sans cesse...
Mon vieil ami, ne nous séparons pas !

De maint accroc, de mainte déchirure,
Ton maître seul fut le réparateur ;
Et de toi seul empruntant sa parure,
S'il parut beau, toi seul en fus l'auteur.
Quand au parloir j'allais trouver ma mère,
Mes sœurs, de loin tendant leurs jolis bras,
A son bonnet reconnaissaient leur frère...
Mon vieil ami, ne nous séparons pas !

Mais ce bonnet si chaud, si vénérable,
Servit encore à bien d'autres emplois,
Et grâce à lui je me rendis coupable
De maint délit qu'avaient prévu nos lois.
Chargé souvent des présents d'une mère,
Mon vieux bonnet, par ses soins délicats,
De mes bonbons fut le dépositaire...
Mon vieil ami, ne nous séparons pas !

Quelque avenir que le destin m'apprête,
Mon vieux bonnet sera de tous les temps :
Je le mettrai quelquefois sur ma tête
Pour faire peur à mes petits enfants.
Je vois ma femme, à mon aspect sévère,
Courir vers eux, les serrer dans ses bras :
Oh! quel tableau pour le cœur d'un bon père!...
Mon vieil ami, ne nous séparons pas!

O mes enfants, loin du bruit de la terre,
Lorsque j'irai rejoindre mes aïeux,
Du vieux bonnet qui couvrait votre père
Prenez toujours un soin religieux.
Souvenez-vous en versant quelques larmes,
Qu'au temps jadis, votre père ici-bas
A le chanter trouvait souvent des charmes;
D'un vieil ami ne vous séparez pas!

LE MANTEAU.

(1828.)

Pauvre manteau, qui contre la froidure
Me défends seul dans ma captivité,
Toi que jadis aurait pris pour parure
Roger-Bontemps, l'ami de la gaîté,
Un prisonnier, qui prend en patience
Tous les ennuis, tous les maux d'ici-bas,
Va te chanter dans sa reconnaissance :
Les malheureux sont-ils jamais ingrats?...

Plus d'un affront sur ton épaisse étoffe
Du temps qui fuit nous montre les rigueurs;
Mais ne crains rien : aux yeux d'un philosophe
La pauvreté n'est pas un déshonneur.
Des préjugés je brave l'injustice
Et sais trop bien qu'ici-bas trop souvent
Le luxe, hélas! est l'ornement du vice
Quand la vertu gémit sans vêtement.

Tel qui croyait vivre dans l'opulence,
Trop promptement a connu le malheur :
Un jour souvent a vu dans l'indigence
Ceux que la veille on vit dans la splendeur.
Peut-être un jour, captif, loin de la France,
Sans un soutien, seul, je succomberai...
Mourant de froid, accablé de souffrance,
Pauvre manteau, je te regretterai.

Mais écartons de funestes présages,
Chantons plutôt et pensons au bonheur.
Un jour plus pur succède aux jours d'orages,
La fermeté peut dompter le malheur!...
Du gai Bontemps j'ai la philosophie,
Et, comme lui, bravant l'adversité,
J'oppose aux coups du sort que je défie,
Mon vieux manteau, l'amour et la gaîté.

L'ÉPAULETTE D'OR.

Lorsque nos jours coulent dans la souffrance,
Je vois au loin dans ma sombre douleur
Briller parfois un rayon d'espérance,
Et je souris à sa douce lueur.
Rayon que j'aime et que chante ma lyre,
Ah! par pitié, ne me fuis pas encor,
Dieu dans mon âme excitant le délire
Guide mes pas vers l'épaulette d'or!

Oui, ce bonheur au bout de la carrière
Là, nous attend, pressons, pressons le pas;
Car ce n'est pas une ombre mensongère,
Il nous attend et nous ouvre les bras.
La volupté dès longtemps nous invite,
Nous prodiguant ses généreux trésors,
Et dans la main que joyeuse elle agite
Brille à nos yeux une épaulette d'or!

Tout haletants et couverts de poussière
Pour terminer notre joyeux chemin,
Pour mieux braver les ronces et les pierres,
Courage, amis, donnons-nous tous la main.
Nous franchirons et les monts et les plaines,
Et puis enfin, prodigieux décor,
Nous verrons tous au terme de nos peines
Étinceler une épaulette d'or!

Après dix mois d'exil et de tempête,
Nous verrons luire un objet tout nouveau;
Alors, amis, relevant tous la tête,
Nous fêterons de nos jours le plus beau!
Oh! le grand jour! fêtons-le tous ensemble,
Puis désormais, contents de notre sort,
Tous officiers, que le bonheur rassemble,
Buvons, buvons à l'épaulette d'or!

Puis, quand pour nous viendra l'âge pénible
Où le passé remplace l'avenir,
Dans la retraite, au coin d'un feu paisible,
Quand nous vivrons de notre souvenir,
Notre œil éteint sourira plein d'ivresse
A ces beaux jours où, prenant notre essor,
A ces beaux jours où, remplis de jeunesse,
Nous rêvions tous à l'épaulette d'or!

LE PAUVRE VÉTÉRAN.

(1828.)

Près d'un hameau, dans un champ solitaire,
On voit paraître une modeste croix;
Un coin obscur est le dépositaire
D'un preux soldat qui fit trembler les rois.
Là, point de nom, point d'éclatantes armes,
Pour sa patrie il répandit son sang,
Et ces mots seuls gravés aux jours d'alarmes
Sont sur la croix : Un pauvre vétéran.

Avec le soir, ami tendre et fidèle,
Un vieux soldat visite ce tombeau;
Il dit un nom que trois fois il appelle;
D'un vieux laurier il dépose un rameau,
Puis vers le ciel il tourne sa paupière,
— Là-haut le brave aura repris son rang —
Agenouillé sur une froide pierre,
Il vient pleurer le pauvre vétéran.

Tʏp. Plon frères.

UNIFORME DE L'ÉCOLE SPÉCIALE MILITAIRE EN 1824.

Ami, dit-il, ô toi que la mitraille
A respecté dans trente ans de combats,
Toi qui, courant de bataille en bataille
Victorieux, fis pâlir le trépas;
Loin du drapeau tu finis ta carrière!
Seul, j'assistai le vieux soldat mourant.
Au dernier jour pour clore sa paupière,
Il n'eut que moi, le pauvre vétéran.

Je te suivis aux champs de la victoire
Et comme toi, soldat déshérité,
Pour mes travaux, pas même un peu de gloire!
Sans gloire aussi, notre Dieu fut dompté.
Hélas! pourquoi sur nos lauriers en poudre
N'ai-je laissé qu'un infertile sang?
Quand l'aigle altier tombait avec sa foudre,
Tombait aussi le pauvre vétéran!

A ton trépas, ton constant frère d'armes
Était du moins assis à ton côté.
Sur cette croix, je viens verser des larmes,
Mais moi, par qui serai-je regretté?
Avec mon fer, seul, j'ai creusé ta tombe...
Qui soutiendra ton vieil ami mourant?
Sous la douleur, si jamais je succombe,
Qui pleurera le pauvre vétéran?...

Moi, répondit un jeune ami des braves,
Un officier attiré par les pleurs.
Soldat, les lis n'ont jamais vu d'esclaves,
Je vois le brave et non pas ses couleurs.
A vos exploits tout Saint-Cyr porte envie,
De votre gloire on nous parla souvent.
Et l'officier au printemps de sa vie
Sera l'ami du pauvre vétéran.

Fils de l'armée, à ton heure dernière,
Appelle-moi... j'accourrai près de toi :
Je serai là pour fermer ta paupière...
Pour te pleurer... Brave, compte sur moi.
Il dit : sa main se porte sur ses armes,
Et prosterné sur l'humble monument
Près du soldat, il a versé des larmes
Au souvenir du pauvre vétéran.

LE FUSIL DU VÉTÉRAN.

AUX OFFICIERS DE 1828.

En embrassant Éléonore,
Parny chante la volupté;
Des dons de Pomone et de Flore
Delille chante la beauté.
Un gourmet chante le madère,
Un avare chante l'argent,
Et l'on entend le chant de guerre
Dans la bouche du vétéran.

Des murs de Sainte-Pélagie,
Béranger chante nos exploits :
Sa voix frémissante, attendrie,
Vole en mille lieux à la fois.
Captif aussi dès mon aurore,
Pour rendre mon joug moins pesant,
Je veux tout bas chanter encore
Pour le fusil du vétéran.

D'abord, sur sa nomenclature,
Je vous dirai le plus pressé :
Son bois est propre, sans coupure,
Il est droit et bien élancé;
Armure, canon, baïonnette,
Tout est bien tenu, bien luisant;
On n'a pas besoin d'étiquette
Pour voir qu'il est au vétéran.

Comme une vierge, il est modeste,
Jamais de brillants superflus,
Et du rouge anglais qu'il déteste,
Il fuit le dangereux abus.
Digne élève de ma sagesse,
Il dit comme moi, bien souvent,
Cette maxime qu'il professe :
Du beau Lebon est vétéran.

S'il est simple dans sa tenue,
Il est des jours d'exception :
Lorsque le roi passe en revue
Notre glorieux bataillon,
Il n'est de fusil dans la garde
Qui soit plus propre et plus brillant;
Tout le monde aussi le regarde
Et dit : Il est au vétéran.

O vous, mes vieux compagnons d'armes,
Quand il faudra nous séparer,
Mes yeux seront mouillés de larmes!...
Peut-on se quitter sans pleurer?...
Vous fuirez ces lieux de souffrance...
Mais une fois au régiment,
Garderez-vous la souvenance
Du fusil et du vétéran?...

A MA PIPE.

(1828.)

(Le 4 juin 1843 seulement, le général permit de fumer.)

ᴇ ciel est couvert
[de vapeurs,
Le soir d'une brume légère
Voile ce séjour de douleurs.
Que mon plaisir soit un mystère!
Sans bruit du meilleur des cailloux
L'acier fait jaillir l'étincelle;
Allumez-vous, ô ma pipe fidèle,
Allumez-vous!

TENUE DE CONGÉ DE L'ÉLÈVE DE SAINT-CYR.

Typ. Plou frères.

Déjà je vois les noirs soucis
S'enfuir en des flots de fumée;
Près de moi, venez, mes amis,
Sentir cette feuille embaumée.
Dieu des fumeurs, veillez sur nous,
Couvrez nos plaisirs de votre aile...
Allumez-vous, ô ma pipe fidèle,
    Allumez-vous!

Déjà, comme le chien ardent
Qu'a trompé sa proie intrépide,
Je vois un cruel adjudant
Guetter au loin d'un œil avide.
Profitant d'un instant si doux,
Quand le butin ailleurs l'appelle,
Allumez-vous, ô ma pipe fidèle,
    Allumez-vous!

Pourquoi vous éteindre soudain,
Malgré l'effort de mon haleine?
Le tabac garnit votre sein,
L'air circule dans votre veine...
Un chef a passé près de nous;
Mais puisque rien ne nous décèle,
Allumez-vous, ô ma pipe fidèle,
    Allumez-vous!

Vapeurs, volez, montez aux cieux ;
A vos parfums je ne préfère
Que ceux du salpêtre orageux,
Fils de la gloire et de la guerre.
En attendant qu'à son courroux
J'élève une palme immortelle,
Allumez-vous, ô ma pipe fidèle,
        Allumez-vous !

Ciel ! l'argus revient sur ses pas...
Son regard cherche une victime...
Fumée, oh ! ne t'envole pas,
Ici ta douceur est un crime ;
Ton maître irait sous les verrous.
Mais déjà le tambour rappelle ;
Éteignez-vous, ô ma pipe fidèle,
        Éteignez-vous !

LA SALLE DES VISITES [1].

(1828.)

—◦◦◦—

Hic secura quies!

Il n'est point ici-bas de si cruel supplice
Qu'un éclair de bonheur quelquefois n'adoucisse...
Le soldat qui revient tout mutilé des camps
Croit revivre en voyant son clocher et ses champs.
L'esclave retenu sur un lointain rivage
Renaît, de son pays s'il entend le langage;
Le pauvre, s'il reçoit quelque secours pieux;
Et nous-mêmes, captifs renfermés en ces lieux,

[1] Tous les dimanches, une foule empressée de mères, de frères,
de tantes et quelquefois de papas vient à Saint-Cyr charmer la captivité des pauvres élèves. A midi et demi la porte s'ouvre et l'on voit
s'élancer le groupe de Saint-Cyriens appelés à la salle des visites et
portés par la joie et le bonheur. Les vers que nous donnons ici of-
frent la description de ce moment fortuné. Le poëte les a faits pour
tout le monde, mais nous pensons que le fond de son intention était
de les dédier aux mères... Puissent-elles répondre à son désir et en
agréer l'hommage !

Par des privations plus sensibles encore,
D'un plaisir passager nous saisissons l'aurore.
Dans les murs de l'école est un lieu retiré,
Lieu bien cher à nos cœurs, de nous tous révéré.
C'est là que nous allons dans les bras de nos mères,
Une fois la semaine, oublier nos misères.
Ce n'est plus aujourd'hui l'auguste et saint *parloir*
Où des moines fleuris venaient en rabat noir
A travers les barreaux dogmatiser les filles;
Le temps a fait tomber les verrous et les grilles,
Et dans ce lieu désert où maint vieux confesseur
Disait d'un ton bénin : « *Soyez sage, ma sœur !* »
L'officier de Saumur, penché sur son bancale [1],
D'Épicure prêchant la facile morale,
Au conscrit étonné dit le bon ton du jour,
Son dîner de la veille et son nouvel amour.

Le dimanche, à nos vœux que l'horloge est tardive !...
Mais lorsque midi sonne et que l'instant arrive
Où, semblable à ce dieu qui préside au destin,
L'adjudant apparaît un registre à la main,
Entouré, poursuivi dans tout le réfectoire,
Il demande silence à son jeune auditoire,
Et nomme les Élus... Bondissants de plaisir,
Au parloir aussitôt on les voit accourir !

[1] Sabre de cavalerie légère.

Le conscrit incertain va, vient, revient, se trouble,
Il rougit, s'intimide, et ne voit plus que trouble...
Son air rêveur, craintif, exprime son souci...
Tout à coup une voix l'appelle, « *Me voici!* »
Dit sa mère en riant : tout ému de tendresse,
Il la voit, il s'élance, en ses bras il la presse,
Sur un siége auprès d'elle il s'assoit attendri ;
Sa mère en l'embrassant trouve qu'il a grandi ;
Elle admire en secret sa tournure, sa grâce :
Lui se plaint du métier et de mainte disgrâce ;
Il n'épargne personne, il médit de nous tous :
A l'en croire, Saint-Cyr, c'est un pays de loups.
Mais sa mère en ces mots l'apaise et le console :
« Mon fils, tous les ennuis que l'on souffre à l'École
» Préparent ceux du monde, et tu l'éprouveras :
» Le bonheur n'est qu'un mot, et n'est point ici-bas. »

Le conscrit incrédule, à cet avis si sage
Sourit d'un air pensif... — Voyez blanchi par l'âge
Ce vieillard à son fils tendre ses bras tremblants :
Son fils est son amour, l'appui de ses vieux ans.
Il pleure de tendresse, et longtemps en silence
Il contemple ce fils, son unique espérance ;
Il semble le montrer à tous les alentours,
Et dire avec orgueil : « Il embellit mes jours! »

Plus loin, c'est un tuteur au regard bien sévère ;
Une jeune beauté qui caresse son frère ;

Un conscrit à venir, élégant de Paris,
Qui vous parle chevaux, modes et tilburys...
Un ancien compagnon de misère au collége;
De femmes de tout âge un aimable cortége.
Mais on ne voit ici que le coin du tableau,
Tout le reste est caché sous un épais rideau...
Soulevons-le : voyez ces mères complaisantes
Qui, sous le doux abri des pelisses flottantes,
Font passer à leurs fils bonbons et massepains :
La plume, à ce tableau, s'échappe de mes mains!
Ombre de Maintenon, si de la nuit profonde,
En cet instant si doux, tu revenais au monde,
De quel effroi mortel tes sens seraient frappés
Quand dans ces lieux, jadis par toi-même occupés,
Tu verrais nos mamans, sans nulle retenue,
Nous glisser en riant la chose défendue;
La gentille cousine, au regard langoureux,
Du plus gentil cousin qui vient remplir les vœux;
La parenté, l'amour au parloir les rassemble,
Et charme les moments qu'ils vont passer ensemble...
Et maint vieux général qui, changeant de métier,
Pour complaire à son fils, se fait contrebandier.
Et... Dieu! près du salon, quel bruit se fait entendre?
Le tambour et le temps sont venus nous surprendre.
« Qu'est-ce? » dit un vieux père en regardant soudain
A sa montre, qu'au Louvre il régla le matin;
« Pas possible ! *corbleu, vous êtes en avance!...* »

Le conscrit abattu garde un morne silence :
Il faut donc s'arracher aux baisers maternels,
Attendre de nouveau sept jours longs et mortels...
Voilà donc le plaisir... comme une ombre éphémère,
Il passe; et pour calmer notre douleur amère,
Il ne nous a laissé qu'un faible souvenir,
Des bonbons, l'espérance et dimanche à venir.

L'INFIRMERIE [1].

(1828.)

——◦◦◦◦——

Deus nobis hæc otia fecit

ALUT à toi, riante
[Infirmerie,
Un paresseux vient ici te bénir,
Les paresseux, ô retraite chérie,
    Garderont tous longtemps ton souvenir.

  Pour me soustraire aux ennuis de l'étude,
  A l'exercice, à mille autres fléaux,

[1] L'infirmerie est un lieu séparé de l'École et dans lequel vont séjourner les élèves malades : là on les entoure de tous les secours de l'art, dont souvent ils ne se soucient nullement, et les soins les plus tendres leur sont prodigués par de bonnes religieuses.

Dans ton aimable et douce solitude
J'allais chercher un remède à mes maux ;
Là, me livrant au repos qui me flatte,
Jusqu'à midi l'on me voyait dormir,
Et par mes soins le temple d'Hippocrate
Était pour moi le temple du plaisir.
Je m'étendais sur la plume légère,
Plus de tambour qui troublât mon sommeil ;
Mais le matin la sœur hospitalière
Me souriait au moment du réveil.

Qui vous peindra l'heure de la visite?
Quand le docteur près de nous arrivait,
Entre ses draps chacun se fourrait vite
Et sur ses yeux enfonçait son bonnet;
Puis, d'une voix plaintive et grelottante,
On lui contait qu'au milieu de la nuit,
Saisi soudain d'une fièvre brûlante,
On n'avait point dormi depuis minuit;
Et les voisins, admirant la rubrique,
L'écoutaient tous en riant de bon cœur,
Mais de ces maux le récit pathétique
En imposait rarement au docteur.
Diète et repos, tel était son système,
Soupe le soir et pruneaux à dîner,
Nous avions tous des faces de carême,
Et pour guérir, il nous fallait jeûner!

Mais plus souvent, éludant l'ordonnance,
Le malheureux que la diète affamait,
Des bonnes sœurs trompant la vigilance,
Allait voler une aile de poulet.
Pour éprouver ce système commode,
A l'hôpital affluait tout Saint-Cyr...
Car à l'école aujourd'hui c'est la mode,
Et l'hôpital n'est plus fait pour guérir;
Chacun y court en pieux cénobite
Pour expier ses anciennes erreurs...
Tel autrefois un rat, nouvel ermite,
Dans un fromage enfermait ses douleurs.

Lorsque les sœurs s'en allaient à matines,
On nous voyait descendre en tapinois,
Puis tous ensemble inondant la cuisine,
De conquérants usurper tous les droits.
Je tremble encore en songeant à nos crimes :
Nos maraudeurs cernaient la basse-cour,
Puis dans leur poche ils mettaient les victimes,
Et vers le soir on les cuisait au four.

Riant séjour, retraite fortunée,
Comme le temps s'écoulait dans ton sein !
Trop tôt pour nous finissait la journée,
Les paresseux bénissaient leur destin.

Des Saint-Cyriens, oui, les races futures
Ne cesseront jamais de te bénir,
Et de nos sœurs et de leurs confitures
Sauront toujours garder le souvenir.

L'INFIRMERIE ET L'ÉCOLE [1].

(1828.)

Beatus ille qui procul negotiis
Solutus omni fœnore.
                        HORACE.

D'abord je vous préviens que c'est de l'autre monde
Que ma lettre pour vous va venir ici-bas :
On sait de revenants que notre terre abonde,
Ainsi, de mon retour ne vous étonnez pas.

C'est au coin d'un bon feu dont j'excite la flamme,
Et bien enveloppé de l'habit d'hôpital,
Que, songeant aux amis dont le cœur me réclame,
J'essaie à leur rimer quelques mots bien ou mal.

Eh bien, mes compagnons de travaux et de gloire,
Content de ma paresse et de l'obscurité,
Je vous laisse, là-bas, le soin de la victoire,
Et viens chercher ici la vie et la gaîté.

Fatigué d'un métier dont l'ennui me désole,
J'avais un grand besoin de refaire mon corps....

---

[1] C'est une idée assez originale de mettre en opposition l'École et
l'Infirmerie, c'est-à-dire la vie et la mort, et de prouver qu'au con-
traire c'est dans la vie qu'on est consumé par l'ennui, tandis que
les plaisirs habitent le séjour des maladies, de la fièvre, des catarrhes
et des jambes cassées. Le ton de l'épître respire la gaieté, et il est
facile d'en conclure que l'auteur se porte bien... Lui-même nous prie
ici de bien le constater, pour rassurer les âmes sensibles.

V^E CORBAY

Typ. Plon frères.

VUE DE L'INFIRMERIE DE L'ÉCOLE MILITAIRE.

Quel régime, bon Dieu, que celui d'une École
Où jamais rien n'est bien, malgré tous ses efforts!
Moi, plus tranquille ici, loin de toute critique,
Je vois tout me sourire et combler mes désirs :
Aussi vais-je essayer, d'un pinceau poétique,
De vous tracer, amis, nos jeux et nos plaisirs....
Comparons en tous sens notre vie à la vôtre,
Comptons tous les instants, et prouvons comme ça
Que votre noir séjour le cède autant au nôtre,
Que l'osier au cyprès : Virgile a dit cela [1]!!!

Virgile est un malin, et plus malin encore
Celui qui peut ainsi le citer savamment :
Mais je crois de mon but que je m'écarte encore...
C'en est fait, j'y reviens et commence hardiment.

Quand le fracas roulant de la triste *diane,*
Avant l'aube du jour, hâte votre réveil,
Nous autres reposons loin de tout bruit profane
Et goûtons largement les douceurs du sommeil....
Rien ne peut nous troubler; c'est un profond silence
Qu'interrompent parfois quelques joyeux propos.
Bien plus, du dieu du jour on bannit la présence,
Et sur chaque fenêtre on tire les rideaux.

Sur la couche moelleuse étendus avec grâce,
Si par la moindre toux notre sein irrité

---

[1] Ut... lenta solent inter viburna cupressi. (Églogue 1re.)

Se plaint,... la bonne sœur nous présente la tasse
Qui contient la boisson mère de la santé.
Je bois si ça me plaît : à cent rêves aimables
J'abandonne mes sens doucement assoupis...
Et vous, infortunés, accoudés sur vos tables,
Déjà vous calculez ou faites des croquis.
Enfin nous nous levons sans que pour la paresse
Le piquet enchanteur nous soit un stimulant;
Je prends ma redingote, et, sans que rien me presse,
De ma toilette enfin j'arrive au dénoûment....

Mes compagnons sont là ; d'un ton très-pathétique
On s'interroge alors sur sa chère santé...
L'un avait un gros rhume et l'autre la colique...
L'aspect de ce séjour seul a tout emporté.
—Monsieur ne tousse plus?—me dira mon compère;
Et je lui répondrai : — Monsieur ne boite plus?
Hier pourtant votre pied... Paix donc ! D'un air sévère
S'avance le docteur.... Les maux sont revenus!...
L'on tousse en gémissant, l'on se mouche et l'on crache,
L'on marche avec efforts, et l'on se courbe en deux.
L'ancien, en un clin d'œil, détrousse sa moustache,
Et sur ses yeux chacun fait tomber ses cheveux....
Le docteur lentement consulte et délibère;
L'ordonnance paraît, et c'est le plus souvent
Un remède innocent : purgatif ou clystère....
Enfin le docteur sort, et chacun est content....

On allume le feu; puis la sœur vigilante
Vient à notre appétit offrir le déjeuner :
Car, bien qu'à l'hôpital, l'appétit nous tourmente,
Et nous voici mangeant jusqu'à notre dîner.
Et vous, pendant ce temps, au milieu de vos classes,
Amis, que faites-vous? Le temps vous est-il beau?
Je m'intéresse à vous et veux suivre vos traces...
Misera, miseris succurrere disco.

En soufflant dans vos doigts, pour la géométrie
Vous donnez aux calculs le zèle le plus beau....
Puis, pour vous récréer, la trigonométrie
Vous apporte à résoudre un triangle nouveau.

C'est bien touchant : pour nous qu'ici rien n'inquiète;
Plus d'examen oral, plus d'ennuyeux devoir,
Plus de doctes sinus qui nous cassent la tête,
Plus de travail forcé du matin jusqu'au soir.

Tandis que contre vous tout s'unit à l'école,
Les chefs et les gradés, les anciens, les conscrits,
Nous autres... nous rions... et rien ne nous désole...
Bref, le temps vole et fuit sur les ailes des ris.

Lorsqu'en cercle rangés dans votre réfectoire,
De haricots mal cuits vous vous bourrez là-bas,

Ici, nous doucement entamons une histoire
En entamant aussi le plus friand repas.

Un bouillon délicat, dont l'odeur excitante
Ferait du sombre bord revenir un mourant,
Dont la vive couleur est la preuve constante
Qu'il fut fait et soigné par un bras vigilant;
Puis le bœuf couronné de légumes sortables;
Puis des poulets dodus.... des rôtis assez bons,
Qui, non pareils à ceux que l'on sert à vos tables
Ne sont point devenus ni bouillis ni charbons....

En cet instant surtout notre allégresse brille;
Chacun conte gaîment quelque propos malin :
C'est un vieux fabliau, c'est un mot de famille,
Et sans l'apercevoir nous atteignons la fin.
Le vin est sur la table, et, pour mes camarades
Mon cœur sensible, aimant, a soudain palpité!....
Le vin coule à grands flots, on boit maintes rasades,
Amis, le croiriez-vous? rien qu'à votre santé.
Vous, le cruel tambour vous arrache de table ;
Nous autres, c'est le manque et de soif et de faim,
Mes amis, pour jouir d'un sort si délectable,
Vite, quelque bobo, je vous attends demain!

UN CARNAVAL A SAINT-CYR.

Sitôt que du clairon le son retentissant
A brisé nos liens, l'élève impatient
Déploie aux yeux de tous un spectacle magique.
Cent costumes divers surgissent; la tunique
Sous ses plis complaisants a caché ces décors.
L'argus mis en défaut contemple nos trésors,
Et ses yeux ébahis regardent notre ouvrage;
Il sent son impuissance et dévore sa rage.
Quel aimable génie est descendu des cieux
Pour venir parmi nous présider à nos jeux?
Du sombre Walhala, brillantes Valkyries,
Avez-vous apporté cet or, ces draperies?
Le rouge chachia, tous ces haïks flottants,
Des cieux de Mahomet sont-ils donc les présents?
Ces casques, ces manteaux, ces armures antiques,
Nous les devons peut-être aux dieux mythologiques.
De ton ciel nuageux as-tu fui les frimas,
Odin, pour assister à nos joyeux ébats?
Un Dieu pour nos plaisirs plein de sollicitude
Anime de Saint-Cyr la triste solitude;

8.

Car qui croirait jamais que nos habiles mains
Ont tissé ces festons, fait ces casques romains
Et les riches rubans dont se parent nos têtes?
Ouvrage ingénieux des officiers galottes!
Arabes, Grecs, Romains, par nos soins défilés,
De l'étude avec nous sont sortis équipés.
D'un coup d'œil si nouveau la riche perspective
Fait admirer à tous notre troupe inventive.
Cependant, à nos cris le Quinconce a tremblé,
Saint-Cyr en a frémi, l'air en est ébranlé.
Un silence profond succédant au tumulte,
Pour diriger les jeux on parle, on se consulte,
Mais l'on perd en vains mots de précieux moments.
Soudain le général [1] a fait former les rangs,
Il commande la marche, et d'une voix altière
Entonne le premier une chanson guerrière,
Qu'accompagnent cent voix en hurlant de leur mieux.
La colonne s'avance en replis tortueux :
Admirez de Thémis le sombre satellite,
Le barreau discoureur, la police et sa suite,
L'enfant de chœur timide et l'habit de pékin,
La grisette agaçante et l'agile arlequin.
A deux pas d'un sapeur se distingue un sauvage,
A côté d'un Bédouin l'uniforme d'un page.
Non, jamais l'Opéra ne vit en carnaval
Des décors si brillants figurer dans son bal.

---

[1] Le plus ancien élève dirige les jeux.

C'est le fier Espagnol, la naïve bergère,.
Du Gange et de l'Indus la svelte bayadère.
De mille nations les costumes divers
Sont venus à Saint-Cyr des points de l'univers.
Dans la cour de Wagram on forme un cercle immense ;
En chantant l'Officier le cortége s'avance ;
Pendant qu'ainsi l'on saute et qu'on se réjouit,
Que dans la vaste cour on danse, on tourne, on rit,
Le mirliton criard, la flûte, la trompette
Font entendre des airs que notre voix répète.
Soudain le rang se rompt et le désordre est roi,
De Thémis éperdue on méprise la loi.

. . . .

. . . .

O vierges de Saint-Cyr ! ô nymphes angéliques !
Courbez, courbez vos fronts, voilez vos yeux pudiques.
Dans les nuits du printemps reviendrez-vous encor
Sur nos sens affaiblis verser des rêves d'or ?
Mais j'entends tout à coup le son de la trompette ;
Elle sonna la charge et sonne la retraite.
Une minute encore et tout a disparu ;
Avec ordre à son rang chacun a reparu.

. . . .

Quelques instants après dans le dortoir immense
Tous les bruits ont cessé. — L'officier dort... Silence.

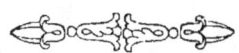

LE CIMETIÈRE.

(1853.)

MIS, interrompons tous
[ces chants d'allégresse,
Et jetons un instant un regard de tristesse
Vers un coin de Saint-Cyr toujours morne et désert,
Où l'on entend, bien loin de nos joyeux concerts,
Des pleurs et des sanglots. C'est notre cimetière.
Là plus d'un Saint-Cyrien, endormi sous la pierre,
A vu périr soudain bien des illusions,
Le but de ses désirs, de ses affections ;
A vu tomber la fleur de ses jeunes années,
Hélas ! trop vite éclose et trop tôt moissonnée.
Jeune encore, il croyait en entrant à Saint-Cyr
Voir naître sous ses pas un brillant avenir,
Après deux ans d'ennui sous la noble galette
Il croyait voir briller l'éclat de l'épaulette ;
Combien de beaux projets dans son cœur de vingt ans
Avait-il réservé pour de plus heureux temps !
Combien avait-il vu de belles jeunes filles,
A la voix douce et pure, à la blanche mantille,

Passer et repasser dans un songe enchanteur,
Comblant à chaque fois les vides de son cœur !
Combien avait-il vu de lauriers sur sa tête,
Et combien avait-il projeté de conquêtes !
Il croyait à la gloire, il croyait à l'amour,
Et cela n'a duré que l'espace d'un jour.

Et pourquoi donc, ô mort ! briser la destinée
D'une existence encore à peine commencée,
D'un enfant, qui, raillant les arrêts du destin,
Ne pensait te trouver sitôt sur son chemin ?
Tu n'as donc pas, cruelle, écouté la prière
Qu'à genoux t'adressait sa malheureuse mère,
Qui, pleurant sur le corps de son fils expirant,
Croyait par ses baisers ranimer son enfant !
Tu n'as donc pas prévu cette affreuse tristesse
Qui glaça les amis de sa courte jeunesse,
Quand la nuit s'écoula laissant son lit désert,
Et qu'au repas du soir il manqua son couvert !

O vous, ô Saint-Cyriens ! qui vivez d'espérance,
Qui vous dites déjà des officiers de France,
Ne songeant qu'au moment d'abandonner Saint-Cyr
Pour mieux vous élancer au milieu des plaisirs,
Vous n'avez pas jeté un coup d'œil en arrière
Sur le calme éternel de cette froide pierre ;
Vous n'avez pas songé que l'on peut voir venir
Un jour où pour jamais l'on restait à Saint-Cyr !

NOMS DES PROMOTIONS

Date de l'entrée.	Date de la sortie.	
1827. —	1829. . .	
1828. —	1830. . .	
1829. —	1831. . .	
1830. —	1832. . .	du Firmament.
1831. —	1833. . .	
1832. —	1834. . .	
1833. —	1835. . .	
1834. —	1836. . .	
1835. —	1837. . .	de la Comète.
1836. —	1838. . .	de la Concorde.
1837. —	1839. . .	de Constantine.
1838. —	1840. . .	de l'Obélisque.
1839. —	1841. . .	de Mazagran.
1840. —	1842. . .	des Cendres.
1841. —	1843. . .	de la Nécessité ou d'Orient.
		(Officiers de mai 1843.)
1842. —	1844. . .	du Tremblement.
1843. —	1845. . .	d'Isly.

Date de l'entrée.	Date de la sortie.	
1844.	— 1846.	. . . de Djemmah.
1845.	— 1847.	. . . d'Ibrahim ou de Pologne.
1846.	— 1848.	. . . d'Italie.
1847.	— 1849.	. . . de la République.
1848.	— 1850.	. . . de Hongrie.
1849.	— 1851.	. . . de Zaatcha.
1850.	— 1852.	. . . de Kabylie.
1851.	— 1853.	. . . de l'Aigle.
1852.	— 1854.	. . .

NOTICE. — A la fin de chaque année et dès que les anciens sont partis, les conscrits deviennent à leur tour anciens ; c'est à ce moment et avant de partir pour son congé de fin d'année que la promotion qui vient de terminer sa première année d'études se baptise du nom de l'événement le plus remarquable de l'année. D'où vient cette coutume et à quelle époque a-t-elle commencé? Nous l'ignorons. Elle n'existait pas en 1810, nous la trouvons établie en 1830. Nous donnons ici tous les noms que nous avons pu recueillir, et nous souhaitons que la lacune qui y existe soit comblée par nos successeurs.

LES NOMS DE GUERRE [1],

CHANSON BACHIQUE DE 1810.

Air du vaudeville de *Jean Monet*.

RENADIERS, troupe
[guerrière,
Vous savez tous, comme moi,
Que le bon vin seul peut faire
Un soldat de bon aloi.

[1] Cette chanson a été composée à l'École militaire de Saint-Cyr vers l'année 1810 et est restée gravée dans la mémoire des anciens élèves de cette école. Elle est attribuée à M. le baron Paul de B.......g, depuis officier de la garde impériale, en dernier lieu ambassadeur à Madrid, puis sénateur. Ces couplets font allusion aux noms de guerre que quelques élèves de Saint-Cyr s'étaient donnés. Il ne faut pas en conclure que les Saint-Cyriens de 1810 étaient de grands buveurs. On sait que ces hommages rendus à Bacchus sont l'une de ces fictions poétiques qui ne se prennent pas au sérieux.

Buvons donc ce vin vieux,
Buvons donc, chers camarades ;
Que la perle des escouades
Soit celle où l'on boive mieux ! (*Bis.*)

Un grenadier, bon ivrogne,
S'il est digne de son nom,
Doit vous avoir une trogne
Plus rouge que son pompon.
Buvons donc ce vin vieux, etc.

La Tendresse [1], mon confrère,
Toi qui soupires toujours,
Saint-Cyr est loin de Cythère ;
Crois-moi, laisse les amours.
Buvons donc ce vin vieux, etc.

Dis-moi, d'Alcide l'émule,
Bras-de-Fer [2], à forte main,
Tu dois bien savoir qu'Hercule
Ne met pas d'eau dans son vin.
Buvons donc ce vin vieux, etc.

Et toi, Sans-Souci [3], mon frère,
N'aurais-tu pas du chagrin

[1] O.....r. — [2] R....i. — [3] V^or F......t.

Si quelqu'un cassait ton verre
Quand de bourgogne il est plein?
Buvons donc ce vin vieux, etc.

Rit-Toujours, je m'en fais gloire :
C'est le nom que j'ai reçu.
Je ris bien quand je vais boire,
Mais je ris mieux quand j'ai bu.
Buvons donc ce vin vieux, etc.

Amis, par des noms de guerre
Baptisons-nous, c'est fort bien;
Mais, croyez-en votre frère,
Ne baptisons pas le vin.

Mais buvons ce vin vieux,
Oui, buvons, chers camarades,
Que la perle des escouades
Soit celle où l'on boive mieux! (Bis.)

ADIEUX

A LA PROMOTION DE KABYLIE.

(29 août 1852.)

— ◦⬦◦ —

Air du *Dieu des bonnes gens*. (BÉRANGER.)

De nos anciens c'est aujourd'hui la fête,
Pour la chanter, amis, mêlons nos voix,
Et célébrons cette noble épaulette
Qu'ils vont porter pour la première fois.
Dans nos transports soyons sans jalousie;
Par droit d'aînesse ils entrent les premiers
Dans ces sentiers où l'honneur nous convie.
  Vivent les officiers! (*Bis.*)

Courage, amis, ayons bonne espérance!
Saluons tous ce titre glorieux.
Un an trop long passé dans la souffrance
Nous donne droit de le porter comme eux.
Mais oublions tous ces jours de tristesse,
Promettons-nous qu'ils seront les derniers,
Et répétons dans une douce ivresse :
  Vivent les officiers! (*Bis.*)

Quand, fatigués, un jour, du bruit des armes,
Nous veillerons sous la tente, le soir,
Ces souvenirs reviendront, pleins de charmes,
Verser sur nous le sommeil et l'espoir.
Puisqu'en ce jour un seul vœu nous rassemble,
Jurons-nous tous la foi des vieux guerriers.
Le verre en main, amis, chantons ensemble :
　　Vivent les officiers! (*Bis*.)

RETOUR

DE CONGÉ DES OFFICIERS DE L'AIGLE.

(25 novembre 1852.)

———•☞•———

Air : *Dans un grenier, etc.*

Rêvant parfois — quand nous goûtions les charmes
De ce congé qui fut lent à venir, —
Notre pensée, amis, avec alarmes
Songeait au jour qui le verrait finir;
Mais le tableau de nos peines amères
Pour un instant nous souriait encor,
Car le retour nous ramenait des frères
Aux chants si beaux de l'épaulette d'or.

Que le retour soit un jour d'allégresse!
Trop vite, hélas! viendront les mauvais jours.
Frères de l'Aigle, une sainte promesse,
Un même nom nous unit pour toujours;
Ensemble donc reprenons notre chaîne
Pour en finir d'un pénible métier,
Et répétons, pour charmer notre peine,
Le cri joyeux de vive l'officier !

Lugubres cours, monotones murailles,
Qui devant nous tendez un voile affreux,
Vieux murs inscrits du nom de nos batailles[1],
Nous revenons vous faire nos adieux !
Et vous qui seuls obtenez notre hommage,
Arbres flétris[2], reverdissez encor ;
Avant que soit tombé votre feuillage,
Nous sourirons à l'épaulette d'or.

Combien de fois déjà, pauvre galette,
Au sein d'un rêve où nous étions heureux,
Tu nous parus devenir épaulette
Sous l'aile d'or d'un aigle radieux !
Aigle immortel, symbole de victoire,
Pour tous tes fils garde un jour des lauriers !
Qu'ils volent vite aux sentiers de la gloire,
Soldats hier et demain officiers.

[1] Les cours de l'École portent le nom de nos batailles célèbres.
Ainsi nous avons les cours de Rivoli, de Marengo, d'Austerlitz, de
Wagram, etc.
[2] Allusion au quinconce qui se trouve dans la cour de Wagram.

UNIFORME DE L'ÉCOLE SPÉCIALE MILITAIRE EN 1840.

RESTAURATION

DE LA GALETTE PAR LES OFFICIERS D'IBRAHIM.

Restaurons la galette,
Mère de l'épaulette,
Dans six mois, fusiliers,
Nous serons officiers.

Jadis en cette école
On te voyait briller
Légère sur l'épaule
Du futur officier.
Aussi, noble galette,
Que l'ancien dut pleurer
Quand la rouge épaulette
Vint pour te remplacer!

Chaque fois que la tonne,
Sous les coups d'un vainqueur,

9

Tombait au polygone,
Tu partageais l'honneur.
Te retirant de terre,
Tous tes joyeux enfants
Te saluaient leur mère,
Tu présidais leurs chants.

Naguère en cette enceinte,
Nos anciens irrités
De ta dépouille sainte
Nous ont déshérités;
Mais du moins leur colère
Laisse le souvenir
De leur antique mère
Aux frères de Saint-Cyr.

Lorsqu'en nos jours de fête
Nous viendrons te chanter,
Nous prendrons la galette
Qu'on nous a vu porter.
Qu'elle soit bleue ou noire,
Qu'importe la couleur,
Pourvu que ta mémoire
Vive dans notre cœur?

Nous chanterons ta gloire
Et ton grand souvenir.
Au jour de la victoire,
Partout, comme à Saint-Cyr,
Nous chanterons la mère
Des nombreux devanciers
Que, dans notre carrière,
Nous verrons officiers.

L'ÉPAULETTE D'OR.

On a vanté la vertu, la richesse,
Les plaisirs purs d'un amour virginal,
Mais à mon tour, cédant à mon ivresse,
   Je veux chanter le bahut spécial.
Officiers qu'un même espoir rassemble,
Qui voulez tous même faveur du sort,
Autour de moi répétez tous ensemble :
Honneur, honneur à l'épaulette d'or.

Loin du pays, loin de nos tristes mères,
Nous souffrons tous, mais il faut tout souffrir
Pour supporter du troupier la misère
Qui nous réserve un glorieux avenir.
Mais l'amitié qui nous unit en frères
Nous aidera pour arriver au port,
Et nous viendrons, pleins d'orgueil, à nos pères
   Montrer notre épaulette d'or.

Dans quelques mois finiront nos épreuves.
Dieu ! quelle joie quand viendra ce grand jour !
Car tous ici nous avons fait nos preuves.
A nous le punch, le champagne et l'amour ;
A nous le plaisir, les secrets du délire :
Nous sortirons fiers de notre trésor.
Notre maîtresse aux accords de sa lyre
Célébrera notre épaulette d'or.

Bientôt, amis, pour payer notre dette,
On nous verra pleins d'une noble ardeur
Eterniser notre jeune épaulette
Par des lauriers cueillis au champ d'honneur.
Mais si l'Anglais insulte à la patrie,
Pour le punir sachons braver la mort ;
Pour la patrie sachons perdre la vie,
Et méritons notre épaulette d'or.

Un tel trépas est le plus désirable,
C'est le sommeil qui termine les maux ;
Si notre mère en est inconsolable,
Nous lui dirons : « Ton fils est un héros,
» Car il est mort sur un champ de bataille,
» Et vers les cieux son âme a pris l'essor ;
» Son corps couché sur un lit de mitraille
» Est décoré de l'épaulette d'or. »

OFFICIER!

C'en est fait, je suis officier!
A mon bonheur je n'ose croire.
En tressaillant, de la victoire
Je saisis le noble laurier.
O jour de triomphe et de gloire,
Jour le plus beau de mon histoire,
C'en est fait, je suis officier!

Combien mon ivresse est parfaite,
Je ne suis plus cet écolier
Qu'un pédant mène à la baguette.
Je prends l'air d'un vrai grenadier;
Je marche portant haut la tête,
Et chacun semble m'envier,
Et partout mon nom se répète.
Salut, ô ma belle épaulette,
C'en est fait, je suis officier!

De quelle brillante aurore
S'entoure l'horizon qui se montre à mes yeux?
    Je vois luire des jours heureux
    Que remplissent l'indépendance,
    La gloire, l'amour et les jeux
    Qui m'accompagnent en tous lieux
    Sur les ailes de l'espérance.

    Mais quelle soudaine terreur,
S'élève en mon esprit, me surprend et m'oppresse?
    N'est-ce pas un songe trompeur
    Qui vient abuser ma jeunesse?
Non pourtant, non, ce n'est point une erreur,
    Tu vois la commune allégresse
Jeune officier, jouis de tout ton bonheur.

    Tu peux chanter, rêver sans cesse,
    Écouter sans que rien te presse
    D'un bon mot la douce saveur.
    Au sein d'une aimable mollesse
    Jouir d'un repos enchanteur,
    Sans que le piquet correcteur
    Vienne terminer ta paresse.
    Tu peux lire tous les romans,
    Les journaux, les contes plaisants,
    Sans te cacher comme un coupable.

Tu peux rester, pour passe-temps,
Longtemps au lit, longtemps à table.

Enfin, pour terminer ce portrait séducteur,
Chevalier plein de courtoisie
Tu peux aux genoux d'une amie
Faire le rêve d'un bonheur
Qui seul est tout dans cette vie.

Quoi donc! hier encore enfermé
J'étais prisonnier à l'école
Où pour une simple parole,
Au piquet j'étais condamné!

Un professeur avec audace
Lançait un rapport contre moi.
Un caporal, avec menace,
Me faisait endurer sa loi.
Aujourd'hui, soudain je suis homme,
Je ne crains plus le caporal,
Je ne crains plus que l'on me nomme
Pour subir un arrêt fatal;
Ni qu'un pédagogue m'assomme
De son vieux grimoire infernal.

Sans pouvoir me lasser, j'admire mon armure,

    Avec mille transports joyeux.

    Un casque devient ma coiffure,

    Et son éclat tout radieux

    Donne un petit air glorieux

    A mon regard, à ma figure.

    Combien j'admire ma tournure

    Sous ce costume gracieux!

    Ce pantalon me sied au mieux.

    Ce sabre tranchant, qui, sans doute,

    Doit me suivre aux champs de l'honneur...

    Mais... quel bruit?... des soldats?... j'écoute.

    Le tambour fait battre mon cœur.

Je crois être déjà dans le sein des alarmes;

Mon régiment est là qui cueille maint laurier!

    Mais que fait ce vieux grenadier?

    C'est à moi qu'il porte les armes.

    Oh! de bonheur mes yeux versent des larmes.

    C'en est fait, je suis officier!

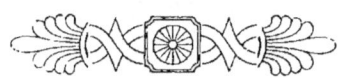

LA PRISON.

(1828.)

———◦◦◦———

Quæque ipse miserrima vidi.

TABLEAU DE LA VIE QU'ON Y MÈNE, — LA LETTRE DU CONSCRIT,
— ET LE CHANT DE L'ANCIEN.

Des bras de ses parents, dont il était l'idole,
Un conscrit dans Saint-Cyr tout à coup transporté
Et mis pour un seul mot aux prisons de l'école,
Ainsi chantait l'ennui de sa captivité :

Sur ma tête l'airain vient de sonner huit heures:
De mon lit de douleur s'éloignent les pavots;

La prison est une punition adoptée partout... Dans les pensions,
dans les colléges et à l'École militaire, c'est toujours au moyen de
la prison qu'on fait expier grandement de petites fautes... Nous n'en
ferons pas la description dans ce commentaire; elle se trouve par-
faitement esquissée par le poëte, auquel nous renvoyons le lecteur
assez bon pour nous lire et se transporter en prison avec nous.

LE SAINT-CYRIEN A LA SALLE DE POLICE.

Typ. Plon frères.

Par les chemins étroits frayés dans ces demeures
Le jour brille et m'éveille ainsi que tous mes maux...
Oui, tous mes maux : du ciel j'assouvis la colère,
Et du calice amer je bois jusques au fiel.
Quand finiront ces jours de honte et de misère?
Pour tant de châtiments, suis-je donc criminel?
Privé, dans mon cachot, des larmes d'une mère,
Des regrets d'une sœur, des conseils d'un ami;
Privé du monde entier, de l'air, de la lumière,
Hélas! du monde entier je semble un ennemi.
Un souvenir charmant, seul me reste fidèle,
Et par lui seul encor j'ai des moments heureux :
Un songe bienfaisant m'avait porté près d'elle....
O sommeil, pourquoi fuir si vite de mes yeux?
Mes pas, libres de fers, volaient dans la carrière;
Par les Grâces, les Ris, je me voyais porter :
Mais, quoi! je sens des pleurs sillonner ma paupière...
Jours de mon âge d'or, j'ose vous regretter!
Peut-être en cet instant que ma mère tremblante
Déplore tristement le destin de son fils!
Oh! rassurons son cœur... D'une aile complaisante,
Anges, portez les mots qu'à ma mère j'écris.
Mais, pour rendre la force à son âme sensible,
Ne lui retraçons point nos regrets, nos ennuis;
Prenons d'un Saint-Cyrien l'air riant, impassible;
Montrons-nous digne enfin du séjour où je suis.

LETTRE.

Chère maman, tu sais mon infortune ;
Déjà peut-être as-tu cru ton fils mort :
Non, ma misère est ici très-commune,
Très-répétée, et Saint-Cyr vit encor !
Auprès de toi je préférerais vivre ;
J'aimerais mieux.... mon cheval et mon chien...
Mais en ce lieu, si l'on était plus libre,
Je te réponds que j'y serais fort bien.

Dans la prison, moi, j'ai l'humeur pesante ;
Parfois j'y reste assoupi nuit et jour ;
Dans mon sommeil, l'aiguille diligente
A du cadran toujours fait plus d'un tour.
Je ne suis pas un partisan du jeûne,
Mais du pain sec je sais me contenter ;
Dès mon lever, avec lui je déjeune ;
J'ai bonnes dents, et je sais le dompter.
Pour digérer, alors je me promène
Et fais deux pas trente ou quarante fois
Dans un réduit où ce n'est pas sans peine
Que les anciens pourraient se tenir droits !

Lors, sur mon lit je reviens me remettre,
Je bâille, puis je médite un instant :
Mais l'heure vient qu'aux beaux-arts je dois mettre :
D'abord musique, et je siffle gaîment.

Après... dessin : sur mes pâles murailles
A larges traits j'esquisse mal ou bien :
Mais mon crayon ne fait que des batailles :
Songe, maman, que je suis saint-cyrien !
Je passe ensuite à l'étude fleurie
Qui des conscrits est la terreur souvent :
Une... deux... haut... Vive la théorie !...
Le corps bien droit, l'estomac en avant.

Tu le vois donc, ma bonne et tendre mère,
Je suis content et zélé.... Mais soudain,
Qui m'interrompt dans mon œuvre guerrière ?....
C'est mon dîner : tant mieux, car j'avais faim !
Mon tabouret me sert alors de table :
Sur lui je place, à côté de ma main,
Un plat de soupe assez peu délectable,
Un verre d'eau, qu'on a rougi de vin,
Et puis du pain, même avec abondance ;
Et c'est ainsi qu'on prélude aux exploits...
La diète et l'eau. Mais mangeons en silence :
Mon appétit ferait envie aux rois !

Quand d'aliments ma table est découverte,
Quand malgré moi j'ai fini mon repas,
De ma prison aussitôt je déserte,
Sur mon balcon je promène mes pas.

Au loin, je vois à travers le grillage
Le beau castel que Louis sut bâtir;
Les bois, les champs, le clocher d'un village....
Eh bien, maman, ça fait toujours plaisir!...

Puis vient le temps qu'il faut passer à lire :
Bourdon, Reynaud, habitent bien ces lieux;
Mais d'un ancien, n'allez pas le redire,
J'ai, d'un... bouquin, fait l'héritage heureux.
Mon cœur sourit aux aimables images
Qu'il vient offrir à mon rêveur chagrin:
Mais le plaisir m'entoure de nuages,
Et je m'endors jusques au lendemain....
Bonne maman, reste donc sans alarmes :
Quoique en prison, je suis enfant du roi;
Et dans deux ans, officier sous les armes...
Vive Saint-Cyr, et... maman, pense à moi!!

Tels sont les derniers mots qu'il écrit à sa mère,
Il roule son papier et le cache avec soin :
Et déjà la nuit sombre arrive avec mystère
Effacer les objets, et se répandre au loin.

Il prépare son lit, s'allonge et s'abandonne
Au vague des regrets, des vœux, du souvenir,

Quand près de lui soudain avec grâce fredonne
Un vrai Roger Bontemps, vétéran de Saint-Cyr.
D'un bienheureux ancien il reconnaît l'organe :
Il s'approche du mur avec précaution,
Et, prêtant une oreille et conscrite et profane,
Il retient ces couplets de l'ancien en prison :

Le jour fuit, et sur ma cellule
Phébé jette un pâle reflet :
A peine un faible crépuscule
Me laisse tracer ce couplet.
Il fait froid, je ne puis écrire....
Et parbleu, soufflons dans mes doigts :
La gaîté me reste et m'inspire,
Elle m'a suivi sous les toits !

A peine à la fleur de son âge,
Voltaire a connu les revers :
Compagne de son esclavage,
Sa muse a chanté dans les fers.
Les soucis et l'inquiétude
Habitent, l'on dit, les prisons :
Pour égayer ma solitude,
J'ai pris la muse des chansons.

Je chante et rechante sans cesse
Les grâces, le vin et l'amour :

Je chante la douce maîtresse
Dont me sépare ce séjour :
Je chante le feu qui m'inspire,
Je chante nos jeunes exploits ;
Avant de pouvoir tous les dire,
Je pourrais bien rester sans voix !

Puis je rêve, et pars pour la guerre....
En songeant on fait du chemin ;
Un coup de sabre met par terre
Ceux qui se trouvent sous ma main.
Rien ne résiste à ma vaillance,
Je prends cent pièces de canon :
On me fait maréchal de France,
Et je me réveille en prison !

J'avais la tête encor remplie
De ma nouvelle dignité,
Quand sur ses gonds ma porte crie,
On m'annonce ma liberté !
Je rends grâce à la Providence,
Et quitte sans nul déplaisir,
Le rang de maréchal de France,
Pour l'uniforme de Saint-Cyr !...

Partout, en cet instant, mille cris d'allégresse
Des cachots étonnés font retentir les toits :

On ouvre aux prisonniers, on finit leur détresse,
Et tous de s'embrasser s'empressent à la fois.
Notre conscrit joyeux de ses maux se console;
Il quitte, et pour longtemps, ce manoir détesté,
Et tous les prisonniers, en rentrant à l'école,
En prenant d'autres fers chantent la liberté!

LES PLANS[1].

(1828.)

Air : *Le trompette du régiment.*

La nuit abandonne les cieux,
L'oiseau joyeux fredonne ;
Dans nos dortoirs silencieux
La *diane* résonne :
Tambours, rataplan,
Nous allons au plan ;

[1] C'est trois mois avant la fin de leur seconde année que l'on envoie les élèves de Saint-Cyr aux plans, c'est-à-dire qu'ils vont armés de leurs instruments faire le dessin topographique de certains lieux désignés : mais on prétend que le plan du déjeuner les occupe souvent plus que celui du pays... Le bon sens repousse seul une pareille calomnie, et la chanson des Plans dira à quoi il faut s'en tenir à ce sujet.

On appelle *diane* les roulements par lesquels on éveille le matin les élèves dans leurs dortoirs.

Les gardeurs de planchettes sont ceux d'entre les élèves auxquels sont confiées la direction du travail et la garde des instruments. Aujourd'hui on ne déjeune plus aux plans ; on y va par détachements de dix ou douze élèves sous la conduite d'un officier, et chaque séance ne dure que trois heures.

A l'envi qu'on se presse,
  Le temps est compté,
  De la liberté
Allons goûter l'ivresse.

Ah! loin de nous, sombres soucis...
  Plaisir, viens, je t'implore!
Bacchus d'accord avec Cypris
  Nous attend près de Flore :
    Amis, rataplan,
    Courons vite au plan
  Et mettons-nous en chasse;
    Dans un gai festin,
    Dans les flots de vin
  Noyons mainte disgrâce.

Pour nous diriger dans ces champs,
  Oublions la boussole.
L'écho répète au loin nos chants,
  Près de nous l'Amour vole.
    Bravo, rataplan,
    Chacun fait son plan,
  Le mien est sur l'herbette :
    Champagne mousseux,
    Et pâtés fameux,
  Qu'on mange sans fourchette.

Sous l'ombrage de ce buisson
    Qu'arrose une onde claire,
Étendons-nous sur ce gazon
        Au sein d'un doux mystère;
        Sans peur, rataplan,
        Qu'on travaille au plan :
    D'ici tout chef s'écarte;
        Tout rit à nos vœux,
        Et je remplis mieux
    Mon ventre que ma carte.

Que voit-on? Des troupeaux errants...
    C'est encore une bande
Qui maraude à travers les champs
        Et court la contrebande :
        Morbleu, rataplan,
        Ils sont à leur plan...
    Quoi!... gente bergerette,
        Pour mieux fuir ces loups,
        Accourt parmi nous...
    Que fera la fillette?

Amis, loin des fourbes Argus,
    Que Comus nous rallie :
Invitons auprès de Bacchus
    Une aimable folie.
        Allons, rataplan,
        Nous sommes au plan..

Vin, banni de nos fêtes,
  Sans être apprêté,
  Coule à la santé
Des gardeurs de planchettes.

Qu'un *travailleur*, pâle de faim,
  Coure après la science,
J'admire, avec le verre en main,
  Sa docte patience :
    Pour nous, rataplan,
    Qui sommes au plan,
  Que cet exemple excite,
    Faisons nos travaux
    A coups de... couteaux,
  Et nous irons plus vite.

Avec les ris... avec l'amour
  Disparaissent les heures,
Un roulement bat le retour
  Dans nos tristes demeures :
    Tambour, rataplan,
    Tu mets fin au plan;
  Adieu, toi que j'adore,
    Adieu Fontenay,
    Adieu déjeuné!...
  Nous nous verrons encore.

LA PREMIÈRE SORTIE.

PROMOTION DE KABYLIE.

(1er janvier 1851.)

—◆◯◆—

Amis, ici, baptisons l'épaulette,
Cet enfant né déjà depuis deux mois,
Qu'à l'arroser le champagne s'apprête,
Nous la fêtons pour la première fois.
Purifions-la de l'air qui l'a nourrie
Dans ce bahut si triste de Saint-Cyr;
Et disons-lui ce que c'est que la vie,
Ce que sera son brillant avenir.   (*Bis.*)

Dans la prison, berceau de ton enfance,
Jeune épaulette, on te verra grandir,
Et tes deux ans d'ennuis et de souffrance
D'un noble éclat sauront te revêtir.
Chacun des jours qui s'écoule avec peine
Tresse pour toi des fils d'or ou d'argent,

Et, dans vingt mois, épaulette de laine,
Tu deviendras notre noble ornement...   (*Bis.*)

Peut-être un jour dans les champs de la gloire
Nous irons faire aussi quelques moissons,
On te verra voler à la victoire,
Des ennemis fendre les bataillons.
Mais si la mort, brisant notre espérance,
Vient arrêter le cours de nos succès,
Soyons heureux de mourir pour la France,
Sachons finir en officiers français!   (*Bis.*)

Buvons, amis, buvons à la patrie
En attendant ce brillant avenir.
Noble épaulette, honneur de notre vie,
Viens un instant sourire à nos plaisirs!
D'ici chassons et soucis et tristesse,
Unissons nous, conscrits, à nos anciens,
Et disons tous, dans nos chants d'allégresse :
Vive Saint-Cyr! Vivent les Saint-Cyriens! (*Bis.*)

L'OFFICIER MALHEUREUX.

AIR : *Le fou de Tolède.*

Un des martyrs de notre vieille école
    Chantait ainsi :
Savez-vous bien ce que c'est qu'une colle [1]
    Vous tous ici?
Chantez, amis, bercez-vous d'espérance
    Comme je fis;
Peut-être, hélas! subirez-vous la chance
    Qui me perdit;
    Oui, qui me perdit!

Si vous saviez le tourment qui se jette
    Dans ce cœur-là,
Quand on franchit, fruit-sec de l'épaulette,
    Le seuil là-bas!

[1] Expression employée dans le langage d'école pour indiquer une nterrogation.

Chacun de vous en plaignant ma souffrance
Se serait dit :
Malheur à lui ! maudite soit la chance
Qui le perdit ;
Oui , qui le perdit !

Puis au retour, je vis mon pauvre père
Tout soucieux ;
Il me parlait sans larmes ni colère,
Mais dans ses yeux
Je ne sais quoi trahissait la souffrance ;
Je me suis dit :
Malheur à moi ! maudite soit la chance
Qui me perdit ;
Oui, qui me perdit !

LE FRUIT SEC AU HOLLANDAIS.

Air du *Vieux caporal*. (BÉRENGER.)

QUE chacun parte,
[camarades,
De l'épaulette d'or chargé,
Pour moi, rien que vos embrassades,
Venez me donner mon congé.
J'eus tort de faiblir à la colle,
Mais pour vous tous, vieux Saint-Cyriens,
J'étais un frère à notre école.

REFRAIN.

Allons, anciens,
Pleurez donc moins,
Ah! pleurez moins;
Le verre en main, morbleu! le verre en main!

Un colleur à parler m'engage :
Je me tais... Je viens d'en pâtir.
L'on me fait fruit-sec, c'est l'usage,
Le vieux Saint-Cyrien doit partir.
Oui, partir, veuf de l'épaulette,
Pour pleurer son triste destin,
Ah! ne troublez pas votre fête!
  Allons, anciens, etc.

Amis, vous ne changeriez guères
Votre belle épaulette d'or,
Vos jours si brillants, si prospères
Contre ma galette et mon sort!
Je m'abusais dans l'espérance
Dont se bercent les Saint-Cyriens.
Ce que c'est pourtant que la chance!
  Allons, anciens, etc.

Toi, mon rival près de la belle
Pour qui nous disputions toujours,
Jouis seul de notre Isabelle
Aux grands yeux pétillants d'amour.
Car en ce jour ton épaulette,
Qui me fait soupirer en vain,
Fait pâlir ma pauvre galette.
  Allons, anciens, etc.

Qui là-bas sanglote et regarde?
C'est le conscrit que j'instruisais,
Tiens, prends ma galette chicarde
Qu'avec tant de soins je gardais.
Viens, que ton ancien te console,
Viens boire aux succès des anciens,
A l'honneur de notre vieille école.
    Allons, anciens, etc.

Quoi! des pleurs aux jours d'allégresse,
Quand seul j'aurais droit de pleurer!
Noyons nos chagrins dans l'ivresse,
Car çe jour va nous séparer!
Vos mains, que je les presse encore,
Donnez vos mains, vieux Saint-Cyriens,
Pour qui si brillante est l'aurore.
    Allons, anciens, etc.

Ma pipe ne s'est point éteinte,
C'est bon signe, espérons encor!
Anciens, je subirai sans plainte
Toutes les rigueurs de mon sort.
Peut-être en un jour de bataille
Chantant encor nos vieux refrains,
Nous verrons-nous sous la mitraille!
    Allons, anciens, etc.

LE DÉPART DES OFFICIERS.

CHANSON D'ADIEUX.

(1828.)

———✦———

Air du *Fantôme.*

REFRAIN.

Oui demain
Au matin
S'ouvre la carrière,
Et la liberté
Succède à la captivité.
Prends l'essor,
Presse encor
Ta marche légère,
Temps, pour nous fair   sortir,
Tu ne peux trop courir.

Adieu, triste solitude,
Où fréquemment j'ai bâillé!
Adieu, romantique étude,
Où parfois j'ai sommeillé!

Adieu, vaste réfectoire,
Où l'on est toujours certain
De bien manger et boire
Lorsque l'on n'a pas faim.

Adieu, salle de police
Où je fus rôti, grillé;
Piquet, ton cruel supplice
Ne me tiendra plus collé.
Hebdomadaire omelette,
Secs gigots, disparaissez;
L'éclat de l'épaulette
Vous a tous effacés!

Mais toujours avec ivresse
Je me souviendrai de vous,
Contrebande enchanteresse,
Plans, ô passe-temps si doux;
Gaîment oubliant l'école,
Qu'avec plaisir j'ai quitté
La chaîne et la boussole
Pour les flancs d'un pâté!

L'un va garder le monarque [1],
L'autre est fier d'être pinceau [2],

[1] On désigne ici les élèves qui avant 1830 entraient dans la garde royale en sortant de l'École.
[2] Nom donné aux officiers d'état-major.

Pour Saumur l'autre s'embarque,
Hussard ou dragon nouveau.
Si moins d'éclat environne
Le modeste fantassin,
A pied, mieux que personne
Il fera son chemin!.....

En suivant notre carrière,
Mes amis, n'oublions pas
Ceux dont la main tutélaire
Dirigea nos premiers pas.
Voulez-vous, chers camarades,
Payer leurs soins généreux?
Parvenons à leurs grades
En les gagnant comme eux.

Deux ans l'on nous vit ensemble,
Nous allons nous dire adieu;
Mais un même esprit rassemble
Ceux que renferme ce lieu.
Qu'aux amants de la victoire
Charles fixe un rendez-vous,
Au chemin de la gloire
Nous nous reverrons tous...

CHANT DE TRIOMPHE.

PROMOTION D'ORLÉANS.

(1841-42.)

A Saint-Cyrienne et
[ran tan plan,
Les anciens s'avancent tambour battant.
La Saint-Cyrienne et l'on entend
Passer l'officier triomphant.

Pour le polygone,
Quand vous verrez partir l'ancien,
Ah! plaignez la tonne,
Ah! plaignez-la bien.

A nous ces bronzes lançant la foudre,
A nous obus, canons, mortiers.
Au sein d'un nuage de poudre,
Quoi de plus beau que l'officier!
   La Saint-Cyrienne, etc.

   L'officier débute,
La bombe part comme un éclair,
   La perche chahute,
   Plus de tonne en l'air.
Qu'entend-on là-bas dans le feuillage,
C'est le refrain des vieux Saint-Cyriens.
Chantons en chœur ce que dans un autre âge
   Ont chanté les premiers anciens.
   La Saint-Cyrienne, etc.

   Lorsqu'à votre garde
   On laisse le vieux bahut,
   L'ancien vous regarde,
   Songez-y, bizuts.

Chantons, amis, dans la sainte fête,
Car bientôt l'épaulette d'or
 Se rappelant leur chère galette,
Les officiers chanteront encor.
   La Saint-Cyrienne, etc.

Honneur au système,
Toi qui bientôt seras ancien,
Fais qu'on craigne et qu'on aime
Le vieux Saint-Cyrien.
Gloire à nos amis dans la carrière,
Gloire aux Cendres, aux Mazagrans,
Près de les suivre aux champs de la guerre,
Nous serons tous officiers d'Orléans.
La Saint-Cyrienne, etc.

LA GALETTE.

CHANT DE TRIOMPHE D'ISLY.

(1844.)

OBLE Galette, que ton nom
Soit immortel dans notre histoire,
Qu'il soit embelli par la gloire
D'une brillante promotion.
  Et si dans l'avenir
  Ton nom vient à paraître,
  On y joindra peut-être
  Notre grand souvenir.

11.

On dira qu'à Saint-Cyr,
Où tu parus si belle,
La promotion modèle
Vint pour t'ensevelir.

Toi qui toujours dans nos malheurs
Fus une compagne assidue,
Toi, qu'hélas! nous avons perdue,
Reçois le tribut de nos pleurs.
    Nous ferons un cercueil
    Où sera déposée
    Ta dépouille sacrée.
    Nous porterons ton deuil,
    Et si quelqu'un de nous
    Vient à t'offrir un gage,
    L'officier, comme hommage,
    Fléchira le genou.

Amis, il faut nous réunir
Autour de la Galette sainte;
Qu'elle vive dans cette enceinte
Au moins par notre souvenir.
    Que son nom tout-puissant,
    S'il vient un jour d'alarmes,
    A trois cents frères d'armes
    Serve de ralliement.

Qu'à défaut d'étendards,
Au jour de la conquête,
Nous ayons la Galette
Pour fixer nos regards.

Soit que le souffle du malheur
Sur notre tête se déchaîne,
Soit que sur la plage africaine
Nous allions périr pour l'honneur,
　　Ou soit qu'un ciel plus pur
　　Reluise sur nos têtes,
　　Ou que loin des tempêtes
　　Nos jours soient tous d'azur,
　　Oui, tu seras encor,
　　O Galette sacrée!
　　La mère vénérée
　　De l'épaulette d'or.

CHANT DE TRIOMPHE (DJEMMA).

(Juillet 1846.)

—◦—

Amis, lorsque dans cette enceinte
Un triomphe a frappé nos yeux,
Autour de la galette sainte
L'air retentit de cris joyeux.
Au milieu de notre allégresse,
N'oublions pas ceux dont la mort
Orna d'un nom notre jeunesse;
Ah! que nos voix avec ivresse
Par des chants célèbrent leur sort.
 Soldats, votre mémoire
 Jamais ne périra;
 On lira dans l'histoire :
 Honneur, honneur et gloire
 Aux braves de Djemma.

Leur vaillance fut étouffée
Par des bras toujours renaissants;

Mais leur nom seul est un trophée ;
Contre dix mille ils sont trois cents ;
Pour de l'honneur donnant leur vie,
Lassés de vaincre ils sont tombés ;
Que leur trace, amis, soit suivie ;
Comme eux tombons pour la patrie,
Comme eux nous serons admirés.

     Soldats, etc.

CHANT DE TRIOMPHE.

PROMOTION D'IBRAHIM.

(1845-47.)

- ◦◦ -

REFRAIN.

Tu viens, noble épaulette,
Nos peines vont finir,
Qu'alors chacun répète :
Honneur à la galette,
Galette de Saint-Cyr.

Amis, à cette noble fête
Un vainqueur nous a conviés,
Relevons fièrement la tête,
Couvrons la tonne de lauriers.
Resserrons en ce jour de gloire
Les liens de notre union,
Et mêlons à cette victoire
Les souvenirs de notre gloire,
Les hauts faits de la promotion.

Beau jour de gloire et d'espérance
Que le jour où nos bataillons
Montraient au roi que notre France
Est la reine des nations !
Nous les premiers de la colonne,
Nous le bataillon d'officiers,
Nous les soutiens de la couronne,
Nous défilons devant son trône ;
Que nous couvrirons de lauriers.

Un jour au nom de Cracovie
Nous sentîmes battre nos cœurs,
Alors la Pologne asservie
Succombait sous ses oppresseurs.
Un jour aussi plus de souffrance,
Quand les Polonais triomphants
Béniront le nom de la France,
Et que le cri de la vengeance
Fera pâlir tous tes tyrans.

Le temps, amis, lentement passe
Sur nos jours d'exil, de douleur ;
Deux mois encore et tout s'efface,
Deux mois de deuil, puis le bonheur.
A nous les périls et la gloire,
Bientôt nous serons officiers.

Oh ! puisse alors une victoire
Graver nos noms dans notre histoire
Et nous couvrir tous de lauriers!

Devant notre étoile brillante
S'est incliné le front d'un roi
Vainqueur, cette étoile brillante
S'incline à son tour devant toi.
La justice aujourd'hui l'ordonne,
Redisons tous : Gloire au vainqueur;
Qu'il garde aujourd'hui sa couronne,
Et si l'heure du combat sonne,
Qu'il la retrouve au champ d'honneur.

CHANT DE TRIOMPHE.

PROMOTION DE HONGRIE.

(1848-50.)

REFRAIN.

Encore un jour de fête,
De triomphe et d'orgueil;
Honneur à la galette
Dont nous portons le deuil!
Que le canon résonne,
Et, si notre mortier
Au loin abat la tonne,
Célébrons l'officier!

Amis, qu'un même espoir rassemble
Dans ces murs vieillis, que nos voix
S'unissent pour chanter ensemble
Saint-Cyr une dernière fois!
Du bahut l'histoire est finie;
Jetons des pleurs sur son trépas;
Chantons l'officier de Hongrie,
La gloire nous ouvre les bras!

O vous, qu'un arrêt trop sévère
Un jour de ces lieux vint chasser,
Sortez la tête haute et fière,
L'amitié peut tout effacer !
Votre main à la nôtre unie,
Marchons toujours du même pas ;
Frères, la route est aplanie,
Même sort nous attend là-bas !

Dans deux mois notre sort arrive,
A nous la gloire et l'avenir ;
Qui veut l'avoir meure ou nous suive,
Nous les derniers fils de Saint-Cyr !
Le baptême de la mitraille
Peut-être nous attend sous peu ;
Nos voix, le jour de la bataille,
Chanteront en marchant au feu !

Peut-être, en volant à la gloire,
L'un de nous tombera sans peur,
Et l'appel, au jour de victoire,
Répondra : Mort au champ d'honneur !
Dans ces murs, une voix amie
Chantera nos lointains combats.
Vive l'officier de Hongrie !
Son nom jamais ne périra.

Oui, nous vivrons dans cette enceinte,
Amis, par notre souvenir;
Du bahut la vie est éteinte,
Après nous, rien dans l'avenir.
En attendant, ma main caresse
Mon canon encor tout fumant;
Amis, signalons notre adresse,
Que l'officier soit triomphant!

CHANT DE TRIOMPHE.

PROMOTION DE ZAATCHA.

(1849-51.)

————◦◦————

Amis, courage,
Car tout orage
Aura bientôt fui loin de nous,
Et l'épaulette
Est toute prête :
Encore un pas, elle est à nous!

Voyez la liberté là-bas,
Écoutez le canon qui gronde;
Chaque coup vers elle est un pas,
Chaque coup, c'est un cri du monde
Qui nous convie à son bonheur,
Qui nous promet fortune, honneur!
Amis, courage, etc.

Salut à la gerbe de feu
Qui lance la bruyante bombe.
Bravo! la perche en son milieu
Se brise : elle chancelle et tombe.
Vite des fleurs et des concerts,
Ainsi se briseront nos fers!
      Amis, courage, etc.

Avant de nous serrer la main,
Chantons le triomphe d'un frère;
Qu'il soit le présage certain
D'une gloire moins éphémère,
Et qu'aujourd'hui nos deux cents voix
Redisent encore une fois :
      Amis, courage, etc.

Ensemble faisons nos adieux
A notre glorieuse école,
Avant d'aller en d'autres lieux
Joindre à sa brillante auréole
Les noms, les succès et l'éclat
Des officiers de Zaatcha.
      Amis, courage, etc.

En quittant ce triste séjour,
Oublions toutes nos souffrances;

Plus de rancune en ce beau jour,
Place à la joyeuse espérance!
A nous la vie et l'avenir;
Adieu pour toujours à Saint-Cyr!
    Amis, courage, etc.

Oublions ces deux ans d'ennui,
Pensons à la prochaine gloire,
Et puissions-nous, comme aujourd'hui,
Bientôt, au jour d'une victoire,
Être là tous pour dire encore :
Amis, à la vie, à la mort!
    Amis, courage, etc.

CHANT DE TRIOMPHE.

PROMOTION DE KABYLIE.

(1850-52.)

———●○●———

C'est un beau jour, ami, qui nous rassemble :
A tes succès nous voulons applaudir.
Pour te fêter nous cueillons tous ensemble
Quelques lauriers que nous voulons t'offrir.
Ils sécheront au souffle de l'automne ;
Mais quelque jour les verra reverdir :
Au champ d'honneur on trouve une couronne
Que ni le temps ni l'air ne peut flétrir. (*Bis.*)

Dans la prison, berceau de ton enfance,
Jeune épaulette, il t'a fallu souffrir,
Mais du bonheur ton aurore commence
Et te présage un brillant avenir.
Tous ces longs jours qui coulaient avec peine
Tressaient pour toi des fils d'or ou d'argent :
Un mois encore, et tes franges de laine
Disparaîtront ainsi que nos tourments. (*Bis.*)

12

Peut-être un jour sur les champs de la gloire
Nous irons faire aussi quelque moisson :
On nous verra voler à la victoire,
Des ennemis fendre les bataillons;
Mais si la mort, brisant notre espérance,
Vient arrêter le cours de nos succès,
Soyons heureux de mourir pour la France :
Nous finirons en officiers français. (*Bis.*)

Que dès ce jour, officiers d'Kabylie,
Notre nom soit un mot de ralliement;
Soutenons-nous, et pour toute la vie
Unissons-nous par un noble serment.
Promettons-nous qu'en nos jours de tristesse
Nous serons là comme aux jours de festins,
Et répétons, oui, répétons sans cesse :
Vive Saint-Cyr, vivent les Saint-Cyriens! (*Bis.*)

CHANT DE TRIOMPHE.

PROMOTION DE L'AIGLE.

(1851-53.)

AIR : *O mont Saint-Jean, nouvelles Thermopyles.* (BÉRANGER.)

Jadis on célébrait la gloire
Du guerrier revenu vainqueur;
Chantons, sur son char de victoire,
Notre frère triomphateur.
Amis, de son humble auréole,
Inspirons-nous pour rajeunir
De notre glorieuse école,
Le vieux et noble souvenir.
Salut au premier bataillon de France !
Qu'en le voyant paraître aux champs de la vaillance,
Ce cri réveille les échos :
Honneur, honneur aux fils de nos héros !

Que ces jeux, échos des batailles,
Rappellent les jours révérés

12.

Des immortelles funérailles
Où succombèrent nos aînés.
Leur valeur, sitôt révélée,
Rendait jaloux nos vieux soldats.
Amis, plus tard, dans la mêlée,
Méritons de suivre leurs pas.
Salut au premier bataillon de France !
Qu'en le voyant paraître aux champs de la vaillance,
Ce cri réveille les échos :
Honneur, honneur aux fils de nos héros !

Amis, enfin, de la carrière,
Demain, les portes vont s'ouvrir.
Ayons toujours notre bannière,
Pour nous guider dans l'avenir.
Donnons-nous, aux jours de conquête,
Rendez-vous sur le champ d'honneur.
En attendant ces jours de fête,
Fils de l'Aigle, chantons en chœur :
Salut au premier bataillon de France !
Qu'en le voyant paraître aux champs de la vaillance,
Ce cri réveille les échos :
Honneur, honneur aux fils de nos héros !

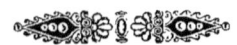

L'ANCIEN [1].

(1828.)

NOTICE. — On sait combien nombreuses étaient les tribulations qu'avaient à subir il y a quelques années encore les nouveaux admis à l'École spéciale militaire pendant toute leur première année.

Aujourd'hui, toute trace de tracasserie a disparu, les nouveaux venus sont reçus avec bienveillance par leurs anciens et de tout ce qu'ils avaient à éprouver, il ne nous reste plus que les quelques pièces de vers ci-après.

———

AIR : *Tôt, tôt, Carabot.*

On sait la différence
Qu'entre ancien et conscrit
Le ciel mit :
L'un garde le silence,
Tandis que folâtrant

[1] Les élèves de l'École de Saint-Cyr se divisent en trois classes : vétérans, anciens et conscrits. Les vétérans ou patriarches de l'École sont ceux qui, n'ayant pu passer officiers au bout de deux ans, font encore une troisième année pour attendre l'épaulette. Mais, à proprement dire, ils rentrent dans la classe des anciens, qui sont

Gentiment,
D'un air sémillant
L'ancien va disant :
En moi seul tout est bien :
Tout hasarder,
Intimider,
Et commander,
C'est le sort de l'ancien.

Plongé dans l'ignorance,
De ses fautes rougit
Le conscrit :
L'ancien parle, agit, pense,
Et, brillant de savoir,
Sans y voir
Partout court le soir
Pour certain devoir.....
Car pour lui tout est bien.
Tout hasarder,
Intimider,

ceux qui depuis un an habitent l'École ; tandis que les conscrits y sont débarqués nouvellement , et souvent payent cher leur apprentissage. Les anciens seuls fournissent les gradés et les instructeurs. Ils font la manœuvre du canon , commandent l'exercice et vont lever les plans ; tandis que les conscrits, soumis à leur autorité, les cheveux coupés, le bonnet de police bien droit sur la tête , sont obligés de patienter et d'attendre un an pour jouir des priviléges qui sont l'apanage des anciens.

Et commander,
C'est le sort de l'ancien.

Il manœuvre, il commande,
Il cueille le laurier
　　D'officier ;
Il fait la contrebande,
Prend celle du conscrit,
　　Puis s'en rit,
Et gaîment lui dit :
　J'avais appétit ;
Pour moi seul c'était bien.
　　Tout hasarder,
　　Intimider,
　　Et commander,
C'est le sort de l'ancien.

Sur son front respectable
Son shako est posté
　　De côté ;
Un toupet admirable,
Des favoris charmants,
　　Et luisants
D'huiles et d'onguents,
Et des yeux brillants :
En lui seul tout est bien.

Tout hasarder,
Intimider,
Et commander,
C'est le sort de l'ancien.

Il s'avance avec grâce,
Il marche, court, s'assoit
Toujours droit;
La poitrine s'efface,
Et chacun l'admirant
Dit : « Vraiment,
» L'ancien est charmant
» Et fort séduisant;
» En lui seul tout est bien. »
Tout hasarder,
Intimider,
Et commander,
C'est le sort de l'ancien.

SAINT-CYRIEN PARTANT POUR SON CONGÉ DE FIN D'ANNÉE.

LE CONSCRIT.

(1828.)

Air : *Tôt, tôt, Carabot.*

Il est dans cette école,
Un bienheureux conscrit
Tout petit,
Qui de tout se console,
Et, ne doutant de rien,
Va son train,
Et dit : « Tout va bien;
» Ma foi, tout va bien;
» Le bon Dieu me punit. »
Tout endurer,
Sans murmurer,
Et sans jurer,
C'est le sort du conscrit!!!

L'autre jour en goguette
Il était à son rang,
　　　Ricanant :
Mais, au coup de baguette,
Un caporal le met
　　　Au piquet,
　Il dit : « C'est bien fait ;
　» Ma foi, c'est bien fait ;
» Le bon Dieu me punit. »
　　Tout endurer,
　　Sans murmurer,
　　Et sans jurer,
C'est le sort du conscrit!!!

Des vers dans la salade,
Des haricots bouillis
　　　Et pas cuits,
Une soupe bien fade,
Voilà tout son régal :
　　　C'est égal ;
　Il dit : « C'est pas mal ;
　» Ma foi, c'est pas mal ;
» Le bon Dieu me punit. »
　　Tout endurer,
　　Sans murmurer,
　　Et sans jurer,
C'est le sort du conscrit!!!

Un jour, au réfectoire
Il était comme un loup
    Mangeant tout;
Mais oubliant de boire,
  Un ancien, son voisin
    Prend son vin.
  Il dit : « Ça va bien;
  » Ma foi, ça va bien;
» Le bon Dieu me punit. »
    Tout endurer,
    Sans murmurer,
    Et sans jurer,
C'est le sort du conscrit!!!

L'avenir le console...
Ce sera différent
    Dans un an!
Ancien dans cette école,
Sergent et cætera,
    J'aurai là
Mon conscrit qui dira :
  « Mordieu! c'est bien ça...
» Le bon Dieu me punit. »
    Tout endurer,
    Sans murmurer
    Et sans jurer,
C'est le sort du conscrit!!!

LES DIX-HUIT COMMANDEMENTS

DE L'ANCIEN.

1° Conscrit, tu reconnaîtras
   Pour ton chef l'ancien seulement.
2° A lui seul tu obéiras
   Dans tous ses commandements.
3° Jamais tu ne chahuteras
   Sans avoir son consentement.
4° La galette tu salueras
   Chaque dimanche exactement.
5° Jamais tu ne t'aviseras
   D'aller la nuit au mont-au-banc.
6° Tous les jours tu découperas
   Les coudes au corps et lestement.
7° De peau fine ne chaufferas
   Que l'Autrichien seulement.
8° Le samedi tu astiqueras
   Et le dimanche mêmement.
9° Des parts égales tu feras
   Et mangeables également.

10° De cornard tu n'emporteras
   Que l'os du gigot seulement.

11° Le c.. sur le bahut tu mettras
   Tous les matins en te levant.

12° A l'astique tu arroseras
   Faisant des huit exactement.

13° De rabattements tu ne feras
   Que le premier du mois seulement.

14° D'ocréats tu changeras
   Tous les matins également.

15° Tes repas tu arroseras
   D'abondance sagement.

16° La salade tu retourneras
   Avec adresse et vivement.

17° Aux quinconces tu n'entreras
   Que le quatre mai seulement.

18° Le pompon tu n'inclineras
   Qu'à la fin d'août seulement.

AUX RECRUES.

Il faut toujours chercher à plaire
A ceux qui vous veulent du bien ;
Au bahut c'est ce qu'il faut faire,
Conscrits, souvenez-vous-en bien.
Loin de murmurer quand l'ivresse
Force quelque ancien à crier,
Vous devriez être sans cesse
A genoux devant l'officier !

Ceux du bahut faits au système
Sont bien cotés du fantassin ;
L'ancien les protége lui-même,
Mais tout en savourant leur vin.
Malheur à ceux qui font leur tête
Ou qui voudraient se récrier !
De tous côtés on leur répète :
A genoux devant l'officier !

Fanatisez à l'exercice
Devant l'ancien qui vous instruit,
Sans quoi la salle de police,
Conscrits, vous attend pour la nuit.
Ne vaut-il pas mieux se soumettre,
A l'ancien toujours se fier,
Que de ne pas vouloir se mettre
A genoux devant l'officier?

Si l'ancien veut de ta frimousse
S'égayer un léger instant,
Conscrit, reçois sans qu'on t'y pousse
Quelques bons mots en plaisantant.
Mais ne te mets pas en colère,
On ne veut pas te défier;
Sans quoi tu baiserais la terre
A genoux devant l'officier.

Quand du bahut viendra la fête
Et que l'ancien triomphera,
Conscrit, tu verras la galette
Briller de son plus vif éclat,
Et l'ancien ceint d'une couronne,
D'une couronne de laurier,
S'écrira du haut de sa tonne :
A genoux devant l'officier!

LA JOURNÉE DU CONSCRIT.

ENDANT les premiers mois
[du séjour au bahut,
On défend au conscrit le plus petit chahut.
D'être de la corvée il a la certitude,
S'il cause dans le rang à la fin de l'étude,
S'il se frotte les mains en montant au dortoir,
Ou s'il ne descend pas sans mot dire au lavoir.
Mais, pour que ce tableau soit plus catégorique,
Commençons au moment où le conscrit astique.

Il rêve à l'épaulette, à la gloire, à l'amour,
Quand il est réveillé par un maudit tambour.
Le c.. sur le bahut, d'un seul bond il s'élance,
Il passe un caleçon, un pantalon garance,

Et tirant du bahut sa brosse et son astic,
Il se met à brosser ses boutons dans le chic.
Un second roulement bientôt se fait entendre,
Et dans la grande salle il va falloir descendre,
Et sitôt descendu bien vite rechercher
Quelque bon protecteur que l'on puisse accrocher.
Le plaisir n'est pas là de bien longue durée;
La récréation est si vite passée!
Sur l'étude passons, il n'est qu'un seul moyen
De la bien employer, c'est de piquer son chien.
Sept heures moins un quart sonnent, la compagnie
Se forme sur trois rangs, car l'étude est finie.
Et l'on monte au dortoir, qui soudain retentit
De ces cris répétés: Bahuts au pied du lit,
Le matelas dessus, puis cirez la semelle,
Brossez la planche à pain et toute la séquelle.

On appelle au lavoir et là chaque m....
Doit se laver les mains sans brosse ni savon.
De retour au dortoir, de suite il recommence
Un lit qu'on a défait pendant sa courte absence.
On descend dans la cour, après l'inspection,
Prendre quelques instants de récréation.
Dans la cour d'Austerlitz elle a lieu d'ordinaire;
Mais durant tout l'astique au soin de son affaire,
Trouvant bien rarement le temps de déjeuner,
Une fois descendu, il espère manger.

13

Mais l'ancien, exerçant sur lui sa tyrannie,
Lui fait jeter la croûte et conserver la mie;
Et le pauvre affamé se trouve bien heureux
Quand il ne lui faut pas les jeter toutes deux.
Mais de se rendre au cours l'heure est déjà venue,
Allons bien vite en rang, allons, pauvre recrue,
Faites par le flanc droit et ne remuez pas,
Sinon votre sergent va vous remettre au pas.
De même qu'en étude il faut dormir en classe,
Pour éviter d'ouïr la parole fadasse
D'un docte professeur, qui, toujours déclamant,
Analyse les mers et puis le continent,
Et franchit les sommets de haute orographie
Pour venir barboter en pleine hydrographie.
On doit dormir aussi lorsqu'un savant profond,
Sur la ligne de terre étendu tout du long,
Va d'un doigt décharné tracer la verticale,
Par un point qu'il a pris sur une horizontale.

D'un seul bond je franchis l'étude et le dessin,
Vers l'heure du dîner me portant à dessein.
Chacun monte au dortoir pour chercher sa pitance,
Et puis au réfectoire on descend en silence.
Aussitôt arrivé, le conscrit doit savoir
Que découper le bœuf est son premier devoir.
Parfois l'ancien pourra, dans sa magnificence,
Au conscrit qui le sert donner l'équidistance,

Mais je n'en connais pas qui le fasse souvent,
Excepté quelquefois un généreux sergent.
Sitôt après dîner, chacun court à sa case
Endosser lestement la veste de gymnase,
Et toujours sur trois rangs, toujours marchant au pas,
Va s'exposer dix fois à se rompre les bras.
A peine arrive-t-on qu'un moniteur attrape
Le malheureux conscrit, qu'il traite de Cosaque,
Et pinçant un cancan qu'il n'a jamais dansé,
Débute en l'essoufflant par le pas cadencé.
Or c'est là le plus doux, car bientôt le portique,
Le trapèze, l'échelle et toute la boutique
Vont à la corde à nœuds disputer les faveurs
Du conscrit disloqué par ses trois moniteurs.
Mais le proverbe dit qu'à tout il est un terme.
Le proverbe a raison : lorsque son épiderme
Sera bien écorché, lorsqu'il aura manqué
De se rompre le cou, et que, tout disloqué,
Le conscrit sent ses bras refuser le service,
Alors tout est fini; seulement l'exercice
Dans la cour de Wagram est là, gouffre béant,
Tout prêt à s'emparer de lui dans un instant.

A peine le conscrit a déposé la veste,
Pantalon de treillis, ceinture et puis le reste;
A peine dans la cour a-t-il pu revenir
Que le tambour l'appelle à de nouveaux plaisirs.

Il remonte au dortoir prendre sa clarinette,
Son ceinturon, son sabre avec sa baïonnette.
Il a l'ordre surtout d'essuyer son képy,
Qui doit pour le moment remplacer le fessy;
Et relevant ses pans pour être plus à l'aise,
Il fait de sa tunique habit à la française.
Ce n'est pas tout encore, et malheur au m....
Qui descend sans avoir redressé son pompon;
Enfin mettant la main sur la poignée de l'arme,
Position qui pour lui ne manque pas de charme,
Il descend dans la cour la main sur le teton
Pour s'entendre crier : Garde à vous, peloton!
Oh! vraiment, c'est ici pis qu'à la gymnastique,
Car le pauvre conscrit, s'il n'est pas fanatique,
Va se voir secouer, traiter avec rigueur,
Par ce tyran maudit que l'on nomme instructeur.
Allons! pas de roideur, alignez-vous à droite,
Les talons réunis, tenez la tête droite,
Tournez égalememt les deux pieds en dehors,
Et surtout en avant penchez le haut du corps!
Portez arme! arme bras! croisez la baïonnette!
La charge en douze temps, et puis : Remettez elle!
Dieu! que c'est amusant, et que cette leçon
Laisse un doux souvenir dans l'esprit du m....!
Mais enfin le tambour met fin à son supplice,
Et par un roulement termine l'exercice.
Mais un sergent arrive, et dit : Par quel hasard,
Pourquoi votre fusil est-il plein de cornard?

Une arme en tel état est une chose indigne,
Ce n'est pas trop payé de deux jours de consigne!
Le malheureux conscrit maudit son triste sort,
En disant à part lui : C'est le droit du plus fort!
Morbleu! je le vois bien, ici tout n'est pas rose!

Après tous ces travaux, le conscrit se repose
Dans la cour d'Austerlitz, qu'il parcourt à grands pas
Avec un sien ami, dont il a pris le bras.
Mais le remède est vain, et, plein de lassitude,
Il s'endort dès qu'il est arrivé en étude.
Quelquefois le gradé, respectant son sommeil,
S'en remet au tambour du soin de son réveil.
A l'étude rentré, notre conscrit repasse
(Si c'est un potasseur) ce qu'on a vu en classe;
Ou, sinon, attendant le moment du souper,
La tête dans les mains il se met à penser.

Oh! c'est un grand bonheur que piquer l'étrangère,
C'est le meilleur remède à la douleur amère
Qui trop souvent, hélas! trop souvent vient saisir
Le pauvre prisonnier, élève de Saint-Cyr!

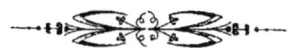

PATER DU CONSCRIT.

Ancien que j'adore,
Ange de bonté,
Ancien dont j'implore
La sérénité !
Parfois si tu brime,
Officier sublime,
Je l'ai mérité !
Que l'on glorifie
Ton nom au matin !
Qu'elle soit bénie,
L'ombre de ta main !
Ah ! daigne m'entendre,
Et me faire prendre
Le chemin sacré
De l'ancienneté !

PRIÈRE DU CONSCRIT.

Seigneur, pitié pour moi! Dans ta justice immense,
Tu soutiens l'indigent accablé de douleur;
En abaissant l'orgueil, tu bénis l'innocence;
Ta sainte religion fait sécher bien des pleurs;
Eh bien! à deux genoux je t'implore, ô mon Père!
Oh! prends pitié de moi, Seigneur, sois mon soutien!
Un espoir seulement peut calmer ma misère :
Doux Jésus, Fils de Dieu! serai-je un jour ancien?

FIN.

www.ingramcontent.com/pod-product-compliance
Lightning Source LLC
Chambersburg PA
CBHW061504030726
47503CB00005B/1801